成为更好的人

TANIZAKI JUNICHIRO

初期短篇集

[日] 谷崎润一郎——著
陈若雷——译

·桂林·

初期短篇集
Chuqi Duanpian Ji

图书在版编目（CIP）数据

初期短篇集 /（日）谷崎润一郎著；陈若雷译．—桂林：广西师范大学出版社，2018.7
（谷崎润一郎作品集）
ISBN 978-7-5598-0790-8

Ⅰ．①初… Ⅱ．①谷…②陈… Ⅲ．①短篇小说—小说集—日本—现代 Ⅳ．①I313.45

中国版本图书馆 CIP 数据核字（2018）第 063614 号

广西师范大学出版社出版发行
（广西桂林市五里店路 9 号　邮政编码：541004
网址：http://www.bbtpress.com）
出版人：张艺兵
全国新华书店经销
广西民族印刷包装集团有限公司印刷
（南宁市高新区高新三路 1 号　邮政编码：530007）
开本：787 mm × 1 092 mm　1/32
印张：6.25　　字数：102 千字
2018 年 7 月第 1 版　　2018 年 7 月第 1 次印刷
印数：0 001~8 300 册　　定价：42.00 元

人间欢乐世界的背后，潜伏着
如此秘密而又奇妙的乐园。

目 录

帮　闲

明治三十七年春天到三十八年秋天，给整个世界带来骚动的日俄战争于《朴次茅斯条约》签订后宣告结束。在发展国力的名义下，各类企业不断蓬勃兴起，新华族[1]和暴发户也随之涌现。故事就发生在这样一个欣欣向荣，一派景气的明治四十年四月中旬。

向岛的河岸上，樱花盛开。星期天上午，晴空丽日，驶向浅草的电车和轮船载满了人，蚂蚁般密密麻麻的人群络绎不绝穿行在吾妻桥上。桥对面，暖融融的水雾笼罩着八百松至言问周边艇库的上空，河对岸的小松宫御别邸到

1　指的是日本明治时代不属于旧公卿、旧贵族而具特殊功勋的人。

桥场、今户、花川户的街道，尽皆酣睡在朦胧的蓝光里。后面，公园中的十二阶[1]屹立于湛蓝的天空，弥漫着好似喷涌而出的水蒸气。

从千住方向，在浓厚的水雾底下穿越而来的神田川，在小松岛一角起伏翻腾，滔滔的流水形成大河的气势。仿佛被两岸春光所陶醉的慵懒而温暖的河水，在阳光下闪烁着光芒，向吾妻桥下流去。高高涌起的欢快的波浪，缓缓地拍打着河面，轻柔如棉的水面上，漂荡着几只小舟和赏花船。时而驶离山谷河口的渡船，横穿于上行与下行船的队列之中，将挤满船舷的乘客运上河堤。

那天上午十点，出了神田川的河口，一艘赏花船正从龟清楼石墙的背阴处划向大河的正中央。船上红白相间的幔帐里，坐着穿戴得漂漂亮亮地前往大传马、代地的应客艺妓，中央是当时兜町有名的暴发户榊原老爷，他带着五六个皮条客，一边环视船上的男男女女，一边咕嘟咕嘟地大杯喝酒，肥硕的红脸膛已露出了三分醉意。

河中心漂浮的小船，顺着藤堂伯宅邸的围墙前进时，幔帐里猝然传出弦歌之声，高亢的音乐震荡着大河的流水，

1 浅草公园的十二层高塔，即凌云阁。

向百本桩和代地的河岸袭来。

两国桥上、本所浅草的河岸道上的人们都伸长脖子，没有一个人不为这愉快的气氛而陶醉。船中的情形从岸上就可清晰地窥见。女人们娇媚的话音，时时随着河面的微风传递过来。

小船靠近横纲河岸的时候，突然船首出现了一个奇怪打扮的辘轳首[1]怪物，和着三味线的乐音跳起了极其滑稽的逗笑舞蹈。描画着女人眼鼻的巨大气球，连接着纸袋做成的惊人的细长脖颈，看来是整个儿从头顶套下来的。人的脸孔完全隐藏于袋子之中，身上穿着花哨的友禅宽袖和服，脚上套着白棉袜子。双手时不时举过头顶舞动，从红色袖口露出男人结实的臂腕，粗壮的五根褐色手指十分惹眼。画着女人头像的气球随风飘舞，时而窥视岸边人家的屋檐，时而掠过交错穿行的船的船头。每当此时，陆地上驻足观看的人们，都一齐欢呼雀跃。

“看呀，看呀！”在人们的高喊声中，船向厩桥方向驶来。桥上挤满了黑压压的人群，黄色的面孔排成一列，他们正眺望由远渐近的小船中的情形。渐渐地，随着船的

1　日本江户时代盛传的一种长颈妖怪，多为女性形象，脖子可伸缩，与控制汲水吊桶的辘轳把相似，故得其名。

靠近，空中清清楚楚地描画出辘轳首的眼睛和鼻子，像哭，像笑，又像睡着了。那无法形容的洒落的神情，惹得观光者们忍俊不禁。在做各种动作的过程中，船首进入桥的背阴里，怪物的脖颈便从水量高涨的河面顺顺当当地、轻轻擦过游人们面前的栏杆，接着被小船拖曳着弯折起来，翩然从桥洞下穿过，忽地又轻轻扬起，飘飞于对面的蓝天之上。

来到驹形堂前，从船里也能清晰地看见吾妻桥上的行人们远远地被这景象所吸引，就好像欢迎凯旋的军队一般等候在那里。

在此地，一班人表演了和在厩桥同样的辘轳首的滑稽动作，招惹众人的欢笑，随后朝向岛方向驶去。三味线的琴音越来越嘹亮，正如牛被欢闹的乐声催促着拉动彩车，船也仿佛被活泼的乐曲的力量推动了一般，徐徐游进于水面之上。大河狭窄处划出几只赏花船，学生们挥动着红色或蓝色的旗子声援小船，两岸的群众呆呆静立，目送这艘古怪的小船远去。辘轳首颈部的舞动越来越流丽婉转，气球被河风吹动，快速地穿过小轻气轮船冒出的白烟，蓦地高高飞舞起来，将待乳山尽收眼底。它向观众们谄媚般地显露出一副痴态，将河上所有人的注意力集于其上。气球在言问附近的河堤上渐渐远去，向河流的上游飞升。一路上，从植半到大仓氏别墅附近，徘徊于堤坝上的人们，面向远处河川的上空，遥望着鬼火似的镳轳首头颅，喊道："那是什么？那是什么？"一边喊一边向它远去的方向眺望。

小船旁若无人之举稍稍活跃了河堤上的气氛，船最终被缆绳拴在了花月华坛[1]的栈桥上，一班人蜂拥挤向庭园的草坪。

"辛苦啦，辛苦啦。"头套镳轳首的男子被领班的榊原老爷和艺妓们团团围住，拍手喝彩的当儿，他一下子脱掉纸袋，浅黑色的光头和欢喜的笑脸从火红衬领的缝隙处显露出来。

这一帮人换了个地方继续玩闹，重新开宴。榊原老爷带着众多男女乱纷纷地涌上草坪，欢舞跳跃，他们玩蒙眼睛和捉迷藏的游戏，吵吵嚷嚷，热闹非常。

那个光头男子穿着宽袖和服，白袜子外套着有红色履带的麻里草鞋，脚步凌乱，踉踉跄跄，在艺妓周围追逐嬉戏。尤其是当他扮成恶鬼时，引来了更大的骚动与喧闹。从他被布手巾蒙住脸的时刻起，榊原老爷和艺妓们无不拍手大笑，双肩不停地抖动起伏。那男人和服的红色内衣下露出

---

1 位于神田川东岸向岛的游乐场地，园中植有四时花卉，建有各色娱乐设施。

汗毛森森的小腿。

“小菊，小菊。啊，抓到了。”男子发出带着铁锈味的、艺人独有的、紧绷着的高亢叫声。他擦身掠过女人的袖袂，头撞在树干上，又四处来回飞奔。他的举动并非多么激烈快速，有些笨手笨脚，所以很难抓到别人。

大家觉得很有意思，屏住气一边窃笑，一边蹑手蹑脚靠近他身后，忽然在他耳边柔声说一句：“瞧，在这儿呢。”然后猛地拍一下他的脊背跑走了。

“瞧，怎么样，怎么样？”领班的揪住他的耳朵，连推带搡地说道。

“啊，疼死啦，疼死啦！”男子尖叫着，紧蹙双眉，有意装出可怜的样子，动作夸张，扭动身体拼命挣扎。他的表情透出几分可爱，人人都想过去拍一下这个男子的脑袋，或揪一下他的鼻子。

接着，一个十五六岁的泼辣雏妓绕到男子身后，用手抄起他的一条腿，成功地将他摔倒在草地上。众人一阵哄笑，男子动作迟钝地爬起来。

“谁呀，欺负我这个老头儿。”男子被蒙住了眼睛，只是站在那里，张着大嘴高声喊叫，像“由良”[1]一样甩开两手，迈起步子来。

这个男子是一个叫三平的帮闲，过去在兜町做投机商，从那时起做梦都想进这一行，终于在四五年前当了柳桥一位帮闲的入门弟子，摇身一变，进步很快，如今在同伙中，成为一个称心如意的随从。

“樱井（男子的姓）这小子是个逍遥自在的人，比起做投机生意，现在的差事更适合他的性情，不知道有多好哩，如今好像赚了很多钱，他小子很幸福啊。”了解其过去的人，常常如此地议论他。日清战争[2]爆发时，三平在海运桥附近经营好几家中介店，雇佣了四五个人，和榊原老爷是师兄弟。从那个时候起，他成了使朋友开心快乐、席间不可缺少的人物。朋友们都说：“和那个人一起，席间会变得很热闹。”

三平会唱歌，很会说话，即使自己最得意的时候，也丝毫不摆架子。他不仅忘记了自己了不起的主人身份，竟然也忘记了自己作为一个男人的风度，一味沉溺于被朋友

1　歌舞伎《假名手本忠臣藏》第七段开始一幕即大星由良之助在祇园的一力茶寮里与妓女玩蒙眼捉迷藏。

2　日本人对中日甲午战争的通称。

和艺妓们颂扬和开玩笑的愉快氛围中而乐此不疲。华丽的电灯下，男子带着醉意的笑脸被映照得油光闪亮。他“嘿嘿嘿”地一边眉开眼笑，一边没完没了地说着俏皮的玩笑话，这是他最显生命力的时刻，一双热情闪烁的眼睛道出他内心无以言表的愉悦，他任意摇动着绵软无力的双肩，那份纯真感，简直就是彻底进入了趣味的真髓里，宛如快乐的化身。对待艺妓们，他不仅勤于问候，到了让人分辨不出谁是客人的程度，而且善于周旋。开始的一段时间里，有人心中对他略感憎恶与腻烦，可是了解他的性情之后，知道此人并无坏心思，只是乐于博取众乐，期望得到大家的喜爱而已。周围的人都叫着“樱井”“樱井”，和他亲近。然而另一面，他被人们热爱的同时，无论多么富有，有权有势，也没有人向他献媚，更无人迷恋他。不称其“先生”，也不称“您”，只叫他“樱井”“樱井”。三平自然而然受到低于其他客人的待遇，对此他并不以为是失礼。实际上，他绝非一个想从别人那儿得到尊敬和恋慕之情的人，而是怀有一种天生的情愫，希求他人从对自己温暖的轻蔑心或怜悯中，孕育出喜欢并亲近自己的意念。可是，恐怕即便乞丐，也不会有人愿意向他低头行礼吧。三平无论被人怎么取笑，却从不生气，反而乐在其中。只要一有钱，他必定花钱操办酒席，宴请朋友和艺妓们一起寻乐。如果遇上有宴会或朋友相邀什么的，哪怕正在忙着生意，三平也无法平静下来，完全六神无主的样子，急不可耐地赶着出门赴约。

“哎呀，您辛苦了！”宴会结束后，三平遭到朋友们的调侃，于是，他一反常态，恭恭敬敬地作揖道：“哎，也请分给咱一点儿礼钱吧。”

艺妓开玩笑地学看客人的腔调：“啊，好的好的，把这个拿去吧。”说着，揉起一个纸团向他扔去。

“嘿，谢谢啦。”三平连连行了两三次礼，将纸团儿放在扇面上，操着庙会上魔术师的语调滔滔不绝地说，“嘿，真是太感谢啦。大家也扔一些给我吧，再赏两文钱就够了。要是大人和小孩儿一起帮衬就更好了。东京的客人们，总是抑强扶弱的嘛……”

如此悠闲的男人，看似也有恋爱的经历，有时，他将艺妓出身的女子包养起来，却又不愿娶她为妻，一旦被对方迷惑，就更加放荡不羁。为了赢得女人的欢心，他拼命买好，完全失去了男子汉的威严。只要对方想要的，他都给予满足。一听到女人命令“你要这样，你要那样”，就不停地点头，一副毫无自尊的模样。有时不小心做错了事，竟也被贪杯的坏女人骂作“混账”，遭到殴打。只要有女人陪伴一旁，他便不再打理茶屋的生意，每天晚上，将朋友和店员召集到二楼客厅，让女人们演奏三味线，边喝边唱，热闹非常。有一回，自己的女人与朋友私通，即使这样，他也没舍得与女人分手，千方百计博取她的欢心，给女人的情人买绸缎，或陪侍他俩看戏，将女人和男友请到上座，自己全心全意地为他们服务，甘心情愿为两人所役使。到头来，便时常以花钱包演员为条件，私自招揽艺妓到家里来。男人们普遍的固执己见、因嫉妒而生恨的情绪，在这个男人身上丝毫也不存在。

不过，他的性格极易生厌，迷恋越发深沉，一旦到了无法自拔的程度，他可立即使爱情的余热冷却下来。他的女友换了一茬又一茬，原本没有女人为他着迷，只是趁他有人脉时与之亲近，事后就立刻离去。在这样的情形下，三平在店员的心目中威信扫地，生意常常出现很大的亏空，他又不善于经营管理，店铺很快就倒闭了。

从那以后，三平又转行开赌场、拉皮条，只要一瞅着对方的脸，便信口开河吹嘘道："快进来看看吧，马上使你精神焕发。"

他那多少有点儿讨人喜欢的特质，也能获得一些眼前的利益，偶尔也能找到生财之道。可是，三平总是遭到女人欺骗，一年到头囊空如洗，不知不觉陷入债台高筑的境地。于是，他闯进老朋友榊原的店里，请求收留："请暂时雇用我试试吧。”

即使沦落为一名普通店员，渗透于男人内心深处的玩弄艺妓的滋味，无论如何不能忘怀。他时常面向账房的桌子，想起娇艳的女人的声音和温暖的三味线的音色，嘴里哼着小曲，从中午就开始沉浸在心醉神迷的氛围之中。最后，三平再也无法忍耐下去，用尽各种花言巧语赖债不还，躲过店主的眼睛，背地里花天酒地，寻欢作乐。

“那小子倒是挺可爱啊。”

那些起初爽快借钱给他的朋友们，因为吃了大亏，终于发火了 ：“真可恶，樱井这家伙。整天吊儿郎当的样子，实在是无可救药。本来也不是个坏小子，下次来借钱，要好好地教训他一下。”

虽说想着，可是一见到他本人，看到那副可怜相，没有人忍心对他大发雷霆了。于是便敷衍道：“下回一块儿给吧，今天就不借给你了。”正想把他打发走的时候，三平又没完没了地纠缠道：“求您别这么说了，借给我吧。我拿别的还给你，不就可以了吗？晚辈我求您了！实在是求求您了。”听了这话，大多数人最终还是被他说动了心。

店主榊原见了这种情况也不得不告诫他道：“我有时候会陪你一起去，可是你不要再给别人添麻烦了，行吗？”这么说定之后，店主每三次就有一次陪他去招妓酒馆，只有这个时候，他好像换了一个人似的，干活十分卖力，表现出一副非同寻常的殷勤的样子。榊原因为生意上的事而心里闷闷不乐的时候，和三平一边喝酒，一边瞧着他那毫无罪恶感的单纯的脸庞，就比什么都开心，所以也频繁地陪他一起外出。终于，三平的工作职能从一般店员转向以外勤为主，白天整日在店里无所事事，还洋洋得意地开玩笑："我是榊原商店一名私人艺妓呢。"

榊原的老婆是从正经人家娶来的，有两三个孩子，老大是女儿，十五六岁。从老板娘到女佣，人人都喜欢樱井："樱井，有好吃的，去厨房吃个饱吧。"就这么把他唤去里间的厨房，那声音听上去既风趣又俏皮。

"你这么悠闲的一个人，即使穷一点，也不以为苦吧。一生乐呵呵地活着，那可是最幸福的啊。"

三平听老板娘这么一说，也立即得意起来："您说得对。所以我嘛，生气这种事，从来没有过。这得归功于我的爱好呀……"他滔滔不绝地叨咕了一个多小时。

三平的声音时而细小，时而嘶哑。他大致通晓端呗、常磐津、清元[1]，总爱沉醉在自身的美声中。当他开心地哼

1　皆为日本古代三味线曲调。

唱三味线曲调的时候，大家都会静下心来倾听。三平常常一学会什么流行曲子，便立刻哼唱给店里人听：“小姑娘，教你一首有意思的歌吧。”

每逢歌舞伎的狂言[1]有新的曲目上演，他都要赶去凑两三回热闹，站着欣赏，直到演出结束。他很快记住了芝玩和八百藏[2]的音色，常常在厕所内或街头，瞪大眼睛，摇头晃脑，全神贯注地练声。逢到无聊时候，三平始终口里唱着小曲，或模仿演员们的动作。一个人不乐上一阵子，就安不下心来。

从孩提时代起，他对音曲和落语[3]就表现出极大的兴趣。他生在芝公园爱宕下边，小学时代颇有学识，甚至被大家称为神童，记忆力很强。看来他在那时就已经具备帮闲的气质，虽说是年级中成绩最优秀的学生，却甘愿当同学们的一名家臣，为大家役使。他每天晚上央求父亲带自己去书场。他对落语家有同情心，更抱着一种憧憬的情怀。落语家风采极佳地登上讲台，立即向听众鞠躬致意：

“每次我都跟您说，总之您的失败归结于被酒和女人

1 古典滑稽剧。

2 芝玩、八百藏均为歌舞伎俳优名。

3 演绎滑稽内容的单口相声。

所害，特别是妇女的势力可真是不可小觑。我国从女娲补天那时起，就有‘没有女人，万事难行’的说法……”

从落语家舌尖流出的言谈总带着情爱的味道，耍嘴皮子的样子看上去神采奕奕。他们所说的一字一句都逗得女人和孩子们开心得很。他们时时带着满眼的笑意，朝客人巡视一番，眼神中蕴含着说不出的亲切。“人世间的温情”这句话所包含的意味，在三平看来，此时感受得最为深切。

“啊，真好，真好。”每当表演者合着响亮的三味线的琴音，以优雅、抑扬顿挫的声调唱起都都逸、三降调、大津绘[1]这些歌曲时，即便是孩子，体内隐约潜藏的放荡的气血也沸腾起来，那调子里仿佛暗示着人生的喜乐与欢愉。在往来于学校的路上，三平常常伫立在清元师傅家的窗下，沉迷在曲声之中。夜晚，他坐在桌前，一听到街上有人哼唱“新内小调”[2]，就无心学习，将书反扣在桌面上，随即如醉如痴，沉沦于歌声之中。二十岁的时候，三平首次应邀出席有艺妓参加的宴会。看着女人们在眼前排成一列，弹起席上准备好的自己平生憧憬的三味线，他手里拿着杯子倾听着，感动得热泪盈眶。由此看来，他在艺事方面的

1 流行于当时的俗曲。

2 街头艺人弹唱的音曲。

深刻造诣是很自然的。

让他做帮闲这一行当，完全是榊原的主意："你每天在家里无所事事，也不是个办法。我特地照顾你，你来做个闲差，做个帮闲，怎么样？只是到茶屋和料亭喝喝酒，此外还能拿到礼物，这么好的差事别处可找不到的哟。总之不会送到你这个懒汉的门上来。"

于是，他立即有了这个心思，在老爷的撮合下，终于进入柳桥的一位帮闲门下当弟子，三平这个名字就是当时的师傅给起的。

"樱井做了帮闲？人才终究不会白费呀。"日本桥兜町的伙伴们，听了这个消息，奔走相告，支持他的决定。虽说是新手，可是三平精通才艺，筵席上也应对得巧妙，总之，他成为帮闲之前的种种疯癫言行的传闻瞬即被传播开了。

有一天发生了这么一件事。榊原老爷在招妓酒馆的二楼请了五六个艺妓，借口练习催眠术，依次对每个人施了术，除其中一个年幼的艺妓身上初见些许效用以外，其他的艺妓都反映不佳。不多时，在场的三平突然露出惊恐战栗的神情说道："老爷，我极其厌恶催眠术，赶快停止吧。见到人被随意摆弄，我脑袋就会变得奇怪起来。"他说话的样子，看上去惶恐不安，就好像自身也中了催眠术。

“说得好，你也来试试看吧。瞧，见效了。瞧，渐渐地要昏睡了。”榊原老爷斜睨着他，说道。

“啊，绝对不行，绝对不行。不能再这样下去了。”说着说着，三平变了脸色，正要逃跑时，榊原老爷从身后追了上去，用手掌在三平的脸颊上来回抚摸两三下，说道：“好了，这下一定行了。啊，完了。逃走的话，可怎么也救不了你呀。”

正说着话，三平的脖颈儿耷拉下来，瘫倒在地上。榊原半开玩笑地给他暗示，不断地向他喊话，说道：“心痛吧。”他就咧嘴皱眉，潸潸泪下。说道：“委屈吧。”他便红着脸大发雷霆。榊原拿水当酒骗他喝下，又骗他将扫帚当作三味线抱在怀里，每回，女人们都笑得前仰后合。最终，老爷将屁股在他鼻尖一扫：“三平，这个麝香的味道好闻吧？”说着，便放出一个漂亮的响屁。

“果然，这真是极妙的香味。是我喜欢的味道，胸口爽快多了。” 三平抽动着鼻翼，一副快意安闲的样子。

“那好，你就好歹忍耐一下。”榊原一巴掌打在他耳根上，三平圆睁着眼睛，怯生生地四下张望，渐渐地恢复了神志，说道：“到底还是被催眠了，没有比这更可怕的了。我做了什么滑稽可笑的事了吗？”

这时候，一个喜欢开玩笑的艺妓，名叫梅吉的，移动双膝挨上前来说道：“三平啊，我也来为你催眠吧。看，已经奏效了！渐渐地发困了吧？”说着，她追赶在房间里到处躲避的三平，正要扑上对方脖颈的当儿，只听三平说道：“哎呀，不行了。已经完全被催眠了。”说着，摸了摸脸，又失去了气力，张着大嘴，放荡地靠在女人的肩头。于是梅吉说自己是观世音菩萨，让男人叩拜，又说有大地震吓唬他。每次三平的脸上都呈现出丰富的表情，千变万化，可笑至极。从那以后，只要被榊原老爷或梅吉斜睨一眼，他就立即失去控制力，蓦地倒在地上。一天晚上，筵席散后，梅吉回家的路上经过柳桥，与三平擦肩而过，这时她侧目看着三平喊道：“三平君，瞧！”

“嗯。”三平应声之后，随即仰天倒在道路中央。

为了博得众人的欢欣，他竟然到了如此程度，或许是患了某种疾病。然而他的所作所为恰到好处，既觍着脸皮，又不使人觉得是撒谎骗人。

虽说没有人提起，可三平恋上小梅的风言风语不胫而走。人们都说如果不是如此，三平不会那么轻易中了小梅的催眠术的。事实上，的确如此，三平喜欢上了梅吉这个男人见了都不得不服输的、个性倔强的女子。当梅吉第一次向他施催眠术时，从那个最悲惨的晚上开始，他就完全被梅吉的气势虏获了，一有机会，就想对她暗示爱慕之情，可是对方只把他当傻子看，根本不理他的茬。碰上梅吉心情好的时候，同她搭讪几句，梅吉立即带着小孩子淘气的眼神瞅着三平说道："再说这些话，我就催眠你。"梅吉这么一瞥，使那些重要的说服的话变得软弱无力，立即被击破了。

三平终于忍受不住了，他向榊原老爷倾吐对梅吉的思慕之情，乞求说："这真是完全不合乎行规、没有出息的事，只要一个晚上我就满足了，务必请您以您的威望让她点头同意吧。"

"你承受了这么多的事，接下来的就交给我吧。"榊原盘算着把三平当成自己的玩具，便立即答应了他的请求。当天傍晚，他去了常去的招妓酒馆找来梅吉，说罢三平的事，和她商量道："说起来倒有些罪恶感，今天晚上你把三平叫到这里来，先用甜言蜜语逗他开心，关键时刻可用催眠术糊弄他一番，我在暗处守着，定让他一丝不挂地随性表演绝技。"

"如果是这样，也怪可怜的呀。"听了榊原的话，就连梅吉也踌躇起来，可是又觉得即便事后计划暴露了，三平也不会生气，抱着好玩的心情，她打算按照榊原说的办。

于是，到了晚上，车夫拿着梅吉的信，到三平的住处去接他。三平看罢信上所写的"今晚我一个人，请您一定过来玩呀”之后，激动得不能自已，认定是老板拿钱说动了梅吉，于是他比平日花了更多的心思打扮一番，装扮成个美男子的样子赶去赴约。

“好了好了，您再往这儿靠一靠。三平先生，今晚就我一个人呢，您就放轻松些，好好儿休息休息吧。”梅吉又是递坐垫，又是斟酒，劝得三平手不离酒杯。三平被烟雾缭绕着，失了身份地全身直打哆嗦，随着酒劲上来，他胆子也跟着壮大起来。

“我很喜欢小梅这样连男人都甘拜下风的女人。”男人开始说起了甜言蜜语。他做梦也想不到，榊原带着二三个艺妓，正从二楼的小窗，透过栏杆间的缝隙，窥视着自己。梅吉一直强忍着不让自己笑出声来，将一些胡编乱造的话说得娓娓动听：“喂，三平先生，您那么为我着迷。快把证据拿出来瞧瞧吧。”

“要说证据的话，恐怕一件也没有。我真想把心扒开，让你看个清楚。”

“那么，我向您施催眠术，您将真心说给我听，好让我安心呀。”梅吉终于说出了这样的话。

“不，这实在使不得。”三平下定了决心，今天晚上，不能再像上回那样被她耍着玩了，打算关键时刻说出真相来：“实话对您说吧，那个催眠术，是我假装被您迷惑了。”

“瞧！我正向你施催眠术呢。看呀。”当三平被梅吉那清澈明亮的眼眸凝视的时候，他渴望被女人取笑的欲望占了上风，在这关键时刻，他又丧失了意志力，变得垂头丧气起来。他顺着对方的发问，滔滔不绝地说着“只要是为了小梅，我可以舍弃性命”，或是“小梅要我死，我现在就去死”等等这样的话。

看到三平已经睡着，一直守在附近观察动静的榊原和艺妓们走进客厅，围着三平站了一圈儿，他们拍着腹胁，咬着袖子，看梅吉的恶作剧。

三平看到此种光景大吃一惊，可是现在要停止已经来不及了。对于他来说，能够听命于自己喜欢的女人实在很愉快，无论多么难堪的事，也必定按照她的吩咐去做。

“这里只有你我两个人，无须有何担心。好了，请把外褂脱下来吧。”听了这话，三平很快脱下质地上印着夜樱花纹的黑绉纱无表里外褂，解开简易蓝色牡丹图案的素花缎腰带，褪下赤大名条纹的单衣和服，身上只剩下一件背上描画雷神、袖子上染着电光的白绉纱衬衣。好容易精心穿戴整齐的衣服一件件被剥落下来，到头来变成全身赤裸的样子。即使这样，三平仍对梅吉无情粗暴的言辞欣喜若狂。他不忍说出口，却按女人所给的暗示动作。

肆无忌惮地开过玩笑之后，梅吉把三平哄睡着，然后与众人一同离开了房间。

天色渐亮的早晨，三平被梅吉叫醒，他蓦地睁开眼睛，出神地仰望着坐在枕边、身穿睡衣的女子的面颊。为了欺骗三平，梅吉故意将女人用的枕头和衣服等散乱地堆放在床上。

“我刚起来在洗脸呢。你睡得真香啊。看来你的来生一定不错。”梅吉一脸若无其事的样子说道。

“小梅这么宠爱我，来生一定是幸福的。我平日对你的思慕终于得到了你的回应，实在太高兴了。”三平说完话，不停地点头行礼。他一骨碌从床上爬起来，心神不宁地换上衣服。

“世间会生出许多闲言碎语，我今天还是早一点离开为好。今后还请你继续关照我呀。嗨，我这个色鬼！”三平说完话，轻轻叩击着脑袋，扬长而去。

自那之后又过了两三天，榊原老爷向三平询问道：“三平，上次与梅吉见面的情形如何呀？”

“啊，承蒙您的关照，谢谢。我与她见了面，感觉也不过如此。虽说性格刚强又气盛，可是女人毕竟是女人，完全没有传言中的哄骗这回事儿。”

看见他真诚感谢的狼狈样儿，榊原嘲笑道：“你也是个大色狼啊！”

“嘿嘿……”听了这话，三平用扇子砰地敲了一下额头，故意卑贱地发出职业性[1]的微笑。

1 本书中原文为英文之处，皆以仿宋体标出。

飚　风

直彦二十四岁之前的人生，平淡无奇。

他除了一个祖母生活在故乡小田原，父母在自己出生后不久就死了。直彦生活上没有负担也没有牵挂，自由自在地长大成人。他打幼年时起就不为烦恼所困扰，率真、纯洁的品性好似秋日明朗的晴空，干净得不见一片残云。

直彦的职业是画师，从故乡的小学毕业以后不久便来到东京，进入某位画界耆宿的门下做弟子。他二十二三岁时，就已经成为日本画界瞩目的青年才俊。

然而知道直彦的人，比起他的艺术作品，更加钦慕他俊美的容貌。第六代[1]般的眼睛和鼻子温柔似水，脸庞白皙，即使男性也为之着迷。直彦虽然有这么优越的条件，却从未谈过恋爱，也不曾耽于玩乐。他总是天真烂漫，怀着自在愉悦的心情，醉心于本职工作的绘画研究。即使有女人暗地里焦灼地透过栅栏门的缝隙窥视他，直彦也丝毫不为所动。当他看见同门师兄弟违反规矩，沉迷于酒色，放荡不羁而染上重病时，心里觉得既荒唐又愚蠢。伙伴们把他当作另类，给他取了个“少爷”的绰号。

可是也有人认为：“就是这样的男人，一旦爱上女人，便会陷入其中而不可自拔。”于是周围人暗地里策划起来，一旦有机会，就一定诱惑那小子上钩。

就在直彦二十四岁那年年末，宴会结束前，直彦被人强行带到吉原的大篱[2]，这是他生来初次踏入妓院的门槛。直彦酣醉如泥，借着醉酒的力量，他守了二十多年的贞操被夺走，其时除了好奇心得到满足，所剩的就只是仰头窥视女子鼻孔而产生的可怕的感觉。然而接下来伴随两三次奇妙心情的波动，直彦不知不觉中，却被那滑稽的鼻翼的形状迷住了。女子刚到二十一岁，名古屋人。她不仅具有

---

1 疑指活跃于大正、昭和时期的歌舞伎俳优尾上菊五郎。

2 江户时代东京吉原最高级妓院，入口处格子篱笆高达天棚。

洞察年轻艺术家内心世界的聪明头脑和敏锐双眸，还有着将对方强行按压在自己颀长的、婀娜轻盈的身体之下，一次又一次起伏于男人的心口，让这个比自己大三岁却什么都不懂的处男，尽情地体会新鲜的、带着泼辣气息的生命馨香的能力。男子从享受玩乐带来的欢愉的内心深处，不知不觉产生出真实的爱恋，每当无端地怀有嫉妒、猜忌心的时候，眼看着自己逐渐落入对方的陷阱，越是极力地想摆脱、甚至反败为胜，就越多地暴露弱点，最终一步一步被对方玩弄于股掌之间。□□[1]女人昂然自得，眉眼间带着淡淡轻蔑的微笑，向着朝气蓬勃、发育成熟的青年男子靠去，不到一个月的时间，男子就堕入凄惨而无力的状态中。他有时因为眩晕而昏倒，从面颊到脖子周围的筋肉痉挛地抽动不止，后脑有重压感，终日口吐白色痰块。虽然处在这样的状况下，他仍然在□□上执着热烈得到了病狂的地步。皮肤如针刺般疼痛，整晚不得安睡。

这样的状态持续了一段日子，渐渐地直彦的脸孔变得灰白，头脑迟钝，无论做什么事，他的情绪都是既阴郁又慵懒，对生活完全失去了兴趣和热情。就连那深深扎

1 原缺，下同。

根于体内的欲求的力量也消亡殆尽了。无论多么残酷的刺激，官能的感觉丧失净尽，他体会到莫大的恐怖与寂寞。那沉浸在爱欲里的精神的衰弱，导致支撑着他活下去的生命力逐渐淡薄，心灵与肉体呈现出似寒冰消融一般逐渐死灭的征候。如今癫痫发作之际，他全身哆嗦着发出咯吱咯吱的声音，口吐白沫倒下的情境频繁地威胁着他亢奋的神经，每天过着无法忍耐的、犹如箭与盾相交的恐怖日子。这倒不是为他贪图快活而舍去生命感到惋惜，而是仅仅一个月的短暂放荡、逍遥和钝化削弱了他的官能，一个拥有多彩前途的年轻人的生命，就这样衰亡下去了，让人感到难耐地凄凉。曾经诅咒自己旺盛的□□，可如今却因为那□□□□□□□□深感悲哀，甚至感到失去了活下去的欲望。

直彦为了培育一时凋零的生命之根，从枯竭的躯体中再度萌发锐敏的□□幼芽，力求恢复暂时远离□的健康。同时，也为了更加努力吮吸丰富的生活之甘美，建立起能够忍受强烈刺激的心灵。他所采取的办法就是借钱不还，于是债台高筑，终于在东京待不下去了。他以每天提供一张素描为条件，从报社和杂志社借钱，打算去饱览一番长久以来全心向往的北国冬景，并下定决心花六个月的时间去做一次长途旅行。

离开东京的前一天晚上，直彦穿上西装洋服，外面套一件厚实的毛皮披风，肩上斜挎一个小包，手杖上绑着一把细卷骨阳伞，一身出行的打扮，钻入大门与女子道别。他将自己的境遇、身心状态、至今为止隐瞒的一切事情都毫无保留地向女子和盘托出，同时道明这次旅行缘于这段恋情。

"您嘴上说得那样好听，可我不信。一定是找到老婆了吧。"

女子彻底洞察了眼前这位可怜男人心中的悲哀，却说出露骨的应酬话。直彦努力不将傲慢女子的话放在心上，但叫他恬不知耻驳倒对方，来上一句"说不定真是这么一回事呢"，却又是他做不到的。

"话虽如此，北国胭脂遍地，真担心您旅途上会发生什么事呢。"

当女子又加上一句话时，直彦立刻变得认真起来："无论遇到什么样的人，我决不将自己的肌肤许给她。半年或一年，直到回来那天，我一定让您看到我的忍耐力有多强。"直彦一脸热诚地向女子发誓，突然感到会被对方嘲弄，于是又缄口不语了。

"如果真是那样的话，我就太高兴了。"

女子如此作答的心思，并非是为了让男人感到不安而有意做出的冷淡谄媚。她感到，与日本画家这样的风流职业相称的直彦，他那细腻的情爱、优雅的脸庞和柔滑肌肤的味道颇为动人。然而，男人恋慕女人时的极端率直、热情的可笑模样稍稍过了头，就会使女人的兴趣陷入玩弄感情、轻视对方的诱惑之中。对于这个社会中的女人来说，从未尝过刻骨铭心的恋爱滋味是她们的不幸。那天晚上，女子差一点被男人真挚的爱情感动得落泪，可是一见到对方怯懦、善良的态度，便觉得付出真心未免太愚蠢，心里渴望放纵地耍弄男人，迷惑他，让他苦闷得不可自拔。于是女子猛烈地抓紧男人孱弱单薄、如影子般的身体，好似摇动死人的四肢，激烈地戏弄一阵过后，用威吓的口吻说道：

“你简直太虚弱了。你告诉我回老家要把身体养好的，直到回来的那天，都得要谨言慎行啊。不管你六个月内是不是管得住自己，如果撒了谎，到时我一定看得出来。”女子心里寻思着，就算是开玩笑，向对方说了这些话，老实的男人一定会按照自己的嘱咐去做。她又想象，男人为这一番话，在漫长的旅途中，身体内承受着□□□□□□□□的重荷，久久不能将自己忘怀的模样，心里禁不住暗暗窃喜。

直彦极其衰弱的身体，熬过了一晚上梦魇的摧残，直到迎来翌日黎明，他仿佛是亡者看到地狱的大门突然被打开一般冲了出去。踏着日本堤道上的白霜，直彦从三轮走到上野车站，坐上开往福岛的火车。此刻的他一副落魄的样子，身心疲惫困乏到了极点，嘴唇青白，眼睛呆滞，紧绷的心弦直到现在才彻底松弛下来。他眺望窗外不断飞逝而去的风景，但即使来来往往上下车的乘客不断闯入他的眼帘，他的神经也得不到丝毫的触动，全然激发不起那支写生笔的半点兴致。最让直彦感到寂寞的是，即便路过各地繁华的车站，哪怕看见一些姿态袅娜的年轻女子，他的心头也不会泛起一丁点儿一般人常有的、温暖的烦恼。曾经那般牵肠挂肚、今早刚刚离别的女子，却只如梦一般浮上心头，没有留下任何依恋的情怀。

直彦虽然永远地从与那个女人的恋情中挣脱出来，然而心中感到的是无限的寂寥。他努力尝试着在胸中培育一种恋慕的情感。坐在行进中的列车车厢一隅，他阴郁的眼神黯然无光，脑海里描绘着各种奇怪的幻象，虽然试图重新燃起官能的感觉，可是几乎看不出有任何反应。

尽早恢复健康，将烈焰燃烧般的□□□□储藏于血肉之中，一旦获得成功，爱恋她的心又会重新捡拾回来的吧？精彩欢乐的世界，会再次展现在眼前。——直彦这么想着，为了疗养身体，他决定在会津的东山温泉住上一段时间。

直彦离开东京刚刚两周，除每天向报社寄送十二张写生画作以外，没有别的事情可做。他整日闲待在温泉旅馆的二楼上，一天之中，数次浸泡于热水里，然后在镜子前一边轻轻拍打被温热的泉水泡胀的肌肤，一边愉快地凝视枯槁而苍白的皮肤下渗出的樱红色血潮。一天三餐与其说是为了愉悦舌头，不如说是为了补充能使贫弱的血液变得丰盈的滋养物——□□的不足。直彦不管自己喜不喜欢，一味贪食，给予松弛筋肉以强烈刺激的辛辣食物。他仿佛看见泡了热水的身体，在空腹状况下摄取的这些食物不断地变成血、肉、骨，使活力弥漫于他五脏六腑的各个角落。

一周之后的某天清晨，直彦突然被噩梦袭击，随即从垫子上飞身下床，忍受着剧烈的心跳，跑到枕边的镜子前。他的脸可怕地充血，泛着不寻常的红潮。夜间出现的妖魔鬼怪织成的幻觉，让直彦久久地被一种从未体验过的情感所煽动，他发觉自己在梦中见到了东京的恋人。

自那之后，直彦不到三天就会做一次噩梦，每当入睡，他总是被他的□□所欺骗。从他长久地失去了□□的体内，□□猛然以恐怖的□□冒出头来。他对此□□倾向欣喜万分，对□□越来越疯狂进食的同时，为了不伤害积存的□□□□□□□□□□□□□□□□□□，□□□□□□□□□□□□□□□□□□，

□□□□□□□□□□□□□□□怀着奉上一碗丰盛的汤羹的心情入眠。

到了第二周的周末，噩梦不再来袭，可是直彦却感到大量勾起情欲的血液，时不时地仿佛挑逗般躁动于皮肤的深层。

直彦从心底不得不坚持重复着“应该给予□□祝福呀”这句话。于是他总在想象东京恋人的容姿，静静地体会猛然涌出的感觉，期望那种感觉更加强烈、刺激。

分别已经很久了，这里正是深雪覆盖、寒风凛冽的时节，东京如何呢？那地方依旧是能人云集、一片昌盛繁荣的景象吧。我住在当地温泉旅馆静养，身体状况正在逐渐恢复之中。请你放心。这之后我要去看一看仙台盛冈附近的名胜古迹，然后打算从青森去秋田，之后再到哪里我自己也不知道。分别快半个月了，心里也越来越思念东京的天空。随着不断向北方行进，严寒与恋情层层加深，有时甚至想中途折返，回到东京，可是思量之后，这么做对我自己（不能说对我俩）毫无意义。六月和七月，我尽力忍耐下来了，至今我尚未见到胜过你的美人儿，即使遇到了，我也会守住对你的誓言，对她不予理睬。分别之后的情况就先报告到这儿了。

新年三十一日晚上，直彦写好了这封给东京恋人的信，待到天亮就出发去东山了。

他首先来到若松，尽情地观赏了猪苗代湖畔的美景之后，又仔细调查了从松岛、仙台、盐釜到多贺城址附近的名胜，打算月末进入陆中[1]国境内，慢慢地游览衣川、中尊寺的古迹。于是在一开始的四五天内，他心里充满对艺术的兴味，专心完成了许多写生作品。可是随着时光一天天过去，他满脑子被污浊而邪恶的念头所占据，再也没有余裕去享受那样的快乐了。无论看见什么，品味什么，碰触什么，结果都成为在脑海中招惹罪恶思想的媒介。“自己一直都不是这么一个好色之徒。”——他开始怀疑自己认为渐渐恢复起来的健康状况。激烈又频繁的发作，与其说是表明健康的证据，不如说是判断患病的依据。全力压抑如此旺盛的□□□□□，难道不是对身体有害吗？直彦心里思索着，无论遇到如何强烈的刺激，也绝不会违背在恋人面前许下的誓言。倘若将生来第一次献给唯一至爱女子的宝贵身体，于旅途中献给陌生的女人玩弄玷污的话，既

1 古国名，包括现在岩手县大部分和秋田县一部分。

对不住自己，也对不住恋人。每每来到一个旅馆或饭铺，为了检验自己承受诱惑的能力达到了怎样的程度，直彦一看见含笑亲切的女佣，便特意地与之亲近，与之欢谈嬉戏。如此，考量一下东京情人在自己心里所具有的威压，极力抑制体内漩涡般燃烧的烦恼的烈焰，直彦对此感到一种说不出的痛快。

然而随着十天、二十天逝去，直彦逐渐强烈地尝到欲望发作时的爽快滋味。他一边与这样生理上不可抗拒的力量恶战苦斗，同时又怀疑自己在今后连续两三个月的旅行的煎熬与忍耐之中，在不断遇到各种诱惑的情形下，是否还能继续保持坚韧的耐性。最关键的是，他的头脑始终为其烦扰，使得最重要的艺术方面的事业彻底荒废。直彦如今不得不诅咒自己的意志，也不得不诅咒自己的体质。

“啊，我真是个不可救药的男人。”

直彦自言自语，停下手中正在描画的写生簿，把它塞进口袋里。

一天，直彦乘上了从黑泽尻开往盛冈的列车，他的身边坐着三位麻风病人。三人之中有一位约莫三十五六岁的男子，闪闪发亮的绸缎上衣外面，套着一件赭黄的长披风，他因染上了病毒而浑身溃烂，样子十分可怕。另外两个女人与男子长相相似，大概是他的妹妹们吧。病毒无情地侵蚀肌肤，致使这两个女子的肤色显出患者特有的惨白，眉毛失去了黛青色，只剩下淡淡的似有若无的轮廓。他们偶尔抬眼瞅一下四周，又低下头去。兄妹三人为了回避乘客不愉快的眼神，背过脸去，缩着肩膀，待在车厢的一隅。最小的妹妹好像晕车，垂着头，两只手一直按压太阳穴，终于胸口一阵悸动，对着地面呕吐起来。周围的人更加紧锁眉头，为了避开，身子撇向一方，可是又忍不住，时不时地朝女孩子的方向偷偷瞟上几眼。

“很难受吧。请把这个服下试试看。”直彦说着凑近他们，一边递出一盒宝丹[1]，一边靠在小姑娘身边坐下，说了一些体贴和同情的话。女孩超越凡人的美丽姿容，水嫩的肌肤以及无法逾越的麻风病患者身份这一缺陷，成为直彦能够心安理得与她接近的理由。直彦出于好奇，对这遭受世人排挤而变得顽固的患者极尽和蔼亲切，试图从寡言少语的他们的嘴里，一点点地套出关于他们自身的故事。

兄妹三人被这位正直的年轻旅人奇特的心理所俘虏，不胜感激，向他叙述了自身不幸的遭遇。他们跟随一户人家移居北海道，昨夜从东京附近出发，哥哥三十五，姐姐

1 江户末期出售的红褐色粉末状兴奋剂。

二十八，妹妹二十。各自都未结婚。

直彦发现三人中的小妹为晕车所苦，说道：“如果不急着赶路，在盛冈一带住一晚，好好游览一下吧。”于是男子沉下脸，为难地说：“这可不是随便说说的，我们无法忍受所到之处的旅馆的刁难。”他又将之前曾被旅馆拒绝入住而差点儿露宿荒郊野外的痛苦经历讲了一遍。

“无论多么辛苦，我们都得克服，因为要坐船，我们必须在青森住一晚。这就是我们这两天的打算。”大姐也这么说道。

火车到了盛冈，直彦满怀依依难舍的心情，于是他改变了主意，继续留在车上。他甚至心血来潮地想，到了青森，帮助三人解决困难，寻找旅馆。他的心此时和一个普通青年一样，满怀侠义的道德精神，虽然缺乏理解力，但不可思议的是，直彦下定决心，为了兄妹三人，他要勇敢地做出任何舍身忘我的行动。火车开出盛冈，天已经完全黑了，蒸汽的热度使车厢内昏黄的灯火在污浊陈腐的空气中透着朦胧的光亮，蜷伏在暗影里的三个人，那模样看上去更加可怜。而那悲悯的样子并不是清澈见底的，而是厚重污秽的。小妹的心情越来越不好，呕吐刚刚止住，又染上恶寒，脸孔惨白，浑身时时在颤抖。

外面不停飘落的雪花，黑夜里也能辨得出越积越厚，晚上九点到达青森市内时，整个城市成了一片银白的世界。直彦可怜兄妹三人，极力说服他们让自己同行。于是四人一起来到车站前的旅馆，几乎每一家都随便地先应付一句：“请进来吧。”随即关注起三人的打扮，然后委婉地拒绝他们，说什么您有同行的客人，房间小可住不下，原有的空房也都客满，等等。

那天夜里隐约看见了月亮，阴沉的天空透着铅灰色的光亮。辨不清是白昼还是黑夜的朦胧的光辉，投射在寒冷的街衢之上。整个冬季，道路上堆满积雪，冻成了五六尺厚的硬块，像玻璃一样光滑，四个人好几次都险些摔倒，他们相互手拉着手一同前行。这条城市醒目的大街上，家家户户都已门扉紧闭，屋檐上压着厚重的积雪，时而静静吹过的轻柔的夜风中，潜藏着冻伤嘴唇的严寒的威力。

他们像是被这个世界遗弃的亡灵，徘徊于沉睡中的城市的每一个十字路口，四个人仍旧努力地挨家挨户寻找可能投宿的客栈，依然毫无结果。小妹不时蜷缩在街道黑暗中的一隅，激烈的呕吐使肩膀不住地抖动，她抽抽噎噎地痛哭起来。每当这时，直彦就会用披风将小妹遮挡在暗处，为她抚背，为她揉胸。

“谢谢您的陪伴，请您自己随意找住的地方吧。我们做好了露宿街头的心理准备。”三人尽力说服直彦，即使如此坚持，却并不想和他道别。他们跟在直彦的身后，每到一个旅店，呆立于门旁，一个劲地央求道：“除同行的这位先生以外，我们三人决不奢求得到与他人同等的待遇。哪怕只留给我们一个屋檐，没有房间住，没有被子盖也无所谓。后门口、仓库的一角，只要能遮风避雨就好啊。”三人即使说得如此可怜，苦苦哀求，也没能感动店主或领班顽固的心。

到了穷途末路的境地，直彦终于想到一个办法，就是将疲惫如棉的三人送去派出所。他面带难色，期望得到警官的同情。直彦在描述兄妹三人不幸的境遇、遭到冷酷无情的店老板拒绝入宿的经过时，故意带着慷慨激昂的调子，甚至用自己都觉得可笑的口吻，演绎着新派戏剧似的激动：“这样一个残酷的事实如果在社会上披露出来，是有损于青森市名誉的。我很期待你们能尽全力，今晚想法子让这三个人睡上一个安稳觉。”直彦看上去异常兴奋，双肩战栗，声音嘶哑，口若悬河，甚至流下了眼泪。

警官被他的热情所打动，向最先拒绝他们的站前旅馆稍稍施加了压力：“最初找到你们这家就是缘分，让他们住下又何妨？你们做生意的，不能说无情的话呀。”旅店的人虽然妥协了，可是直彦还是不同意，他坚持要求提供房间和被褥，让兄妹三人和自己一起住在二楼的一间十叠[1]大的客厅里。

不知为何，直彦和怕事的兄妹，动不动就把不拿他们当人看待的女佣痛骂一番，他们一道洗了澡，又要来了酒。

快到夜里十一点了，四个人填饱肚子，在地炉边取暖。他们围成一圈儿，一边让炭火温暖冻僵的手脚，一边被久违的喜悦与脆弱的感情所驱使，满心关怀地表达各种感谢、问候和安慰。直彦忽然发觉自己也是这世上一位少有的富有正义感的青年，受到兄妹三人的敬慕，从他们脸上可以读出发自内心的对自己的感谢之意。

“请您今后来北海道时，顺便到我们那儿坐坐，虽然家里有些脏。”哥哥说着递给直彦一张名片。小妹也变得很精神，她脱去被冰雪弄脏的白袜子，放在炉边，和姐姐一同将冻僵了的双脚罩在炭火上。白袜子上冒出的热气伴随着水蒸气不断上升。因为寒冷，女人冻烂的脚，渐渐闪耀着新鲜的淡红色光辉。每当翻转脚背，揉搓脚趾的时候，血液流动于皮肤里，火光映红了光滑如镜的肌肤。

四个人悲喜交集，彻夜无眠，他们围坐在炉火边天南

1 一叠约为 1.6 平方米。

地北地闲聊，直至天明。兄妹三人感到能和一位平素嫌弃和远离自己的世俗之人如此畅所欲言，分外欣喜。特别是两个女孩子，虽然明知毫无意义，可仍不断地抱怨一切发生在自己身上的不幸，最后，湿润润的四只眼眸里流下了泪水。

“请不要忘记，这世间有我们这样可怜的人存在啊。”姐妹俩在火炉边大哭起来，她们得到的安慰越多，越是哭得厉害，整整一个晚上，两人各自依偎在直彦左右的膝头，倾听他的劝说。不知不觉之间，天色微明，开船的时间快到了。

直彦目送开往函馆的轮船渐渐消失在晨雾里，他在刺骨的寒风中战栗着，久久徘徊于青森湾的海岸上。

“请不要忘记我们这些可怜的人。”临别时姑娘们反复念叨的话语、彻夜因哭泣而红肿的眼睑、被晨风轻拂的乱发、孤零零站在船舷上时那苍白的面影，所有这些都无法从直彦的脑海里抹去。

“如今很少有这么热心的年轻人了。”正如那位大哥所说，直彦彻头彻尾就是个重义气的青年。他只是稍稍感受到年轻女孩儿的气息，而“麻风病”这道无法超越的鸿沟，终于还是不能跨过。这么一想，觉得自己昨夜带有疯狂性的行为实在愚蠢极了。

大理石般即将落雪的天空下，暗蓝色的海潮冰冷地翻滚着。远处函馆的山影绵延起伏，仿佛遥望北极的冰山。从津轻海峡穿越而来的海风，呼呼地吹拂着海岸的大道。细小的雪花星星点点飘落下来，行人们似乎都习以为常，无人打着伞走路。

直彦逆着寒风向港湾尽头的栈桥的另一端走去，他面对远处北海道的陆地，伫立良久。自从在黑泽尻与不可思议的兄妹们为伴，仅仅一天时间便径直来到了本州岛的北端，想到这里，他不得不感慨万端："我竟然来到了如此遥远的地方。"

栈桥下，海水泛着葱绿色的光，犹如碧潭，雪花零零落落地融化进那渌水之中。

此后要去哪里？直彦站在码头上茫茫然不知所措。返回盛冈太辛苦，往弘前方向去比计划的嫌早，也许可以在哪儿的汤治场[1]住上五六天，这是对自己至今还未痊愈的心身注入营养的最佳方案。直彦这么一想，立即坐上火车，打算到青森下面两站的浅虫温泉去。

火车离开城市街道的当儿，昨夜忽略了的津轻平原清晨的雪景，仿佛立体画卷一般展现在眼前。阴沉的鼠灰色

1 洗浴治病的温泉旅馆。

的半空中，雪白的山脉重重叠叠，清晰可见。从那里的山麓延绵千里的皑皑积雪，遮蔽广阔的原野，覆盖了山林，堵塞了河川。人和马犹如砂糖堆上的蚂蚁，只见一个个小小黑点在蠕动。车窗外银光闪烁，刺痛了眼睛，照亮了整个车厢。

深广而厚实得如白布般平铺的积雪之上，看得见笔直穿行的雪橇的影子，还有一些人影，他们将全身裹进黑色外套的兜帽里，踏着高脚草鞋，一步步背着身子迎着朔风，横着穿越原野。列队前行的马儿在寒风中簌簌抖动鬣毛，马蹄下的积雪如白色烟雾飞散飘扬。这一切在直彦眼中，都是生平第一次见到的、庄严而清静的北国风景。

“啊，我来到了自己所钟爱的地方。我体内膨胀而起的叛逆、淫荡的血潮，置于这严肃洁白的天地之间，定能沉静下来吧。想来自己已经忘记了与恋人的誓言，遇上什么人都行，偏偏遇上人人都嫌弃的麻风病人，昨晚差点儿犯了罪……然而，我的爱人啊，请你安心吧，这漫无边际、白茫茫的北国净化罪愆之界，从我脑中彻底清除了那些与你的心灵不相融合的邪念与妄想。你终究是我生命中唯一的女人。能找到这样一个尊贵的净罪之界，对于我真是一件幸福的事。感谢，感谢，感谢我北国的天与地。”直彦在心中默默地呐喊，他的内心感受到最近未曾有的清新与爽快。他在浅虫车站下了车，特意将双脚踩踏在无人经过的松软的雪地上，轻快地迈着步子，走进东奥馆的大门。

这地方便是浅虫第一温泉旅馆。直彦被带进一间崭新的八叠大的和式房间，廊子外海浪扑打而来，远远望去，依稀可见港湾内青森的市街。夜晚，寒风在海面上呼啸，从廊子上紧闭的防雨窗微微的缝隙间吹进灰尘般的细雪，在黑暗的廊下起舞，打旋儿。阵阵寒流袭入炉火燃烧的室内，直彦虽然烤着炉火，背部依然沐浴着水一般的凉气。

从东津轻的海上捕来的鱼类并非美味。鲍鱼放入嘴中好似口嚼蒟蒻。就算遇上北国的名产腌香鱼、腌鱼子、干青鱼子这类辛辣的食物，也强不过内心的坚韧。直彦痛彻地感受到这些食物与性欲的关系，但没有因此产生丝毫的困扰。食用了强烈刺激的食物之后，它们带给身体的影响是必然存在的。每逢夜晚，他总会受到可憎的噩梦的袭击，郁闷之间，血也被榨干了。只有这块土地上苹果的味道，带给舌尖清爽的感触，凉丝丝的甜汁浸润着燥热而干渴的口腔时的快感——比起味觉，触觉所带来的快感更使他欣喜。和东京的苹果不同的是，这里的苹果个儿小，色泽暗淡，剥开稍带青涩的外皮，可以看到凝结着津轻平原皓雪般纯白的果肉。嚼起来，那种爽脆的口感和成熟果实渗出的清水般新鲜的甘露，是东京的苹果无法相比的。将这样一片洁净的果肉含在嘴里，一切的邪念与妄想都不会产生。

除冰雪与苹果以外，津轻女子独特的美也没有逃过直彦的眼睛。移花接木般纤细而高耸的鼻梁、银针般修长的眸子、似有若无的寂寥神情、略带忧郁的鹅蛋脸……这样的女子处处可见。浅虫旅店的女佣就是其中之一。从前他很鄙视那些用东北土话洋洋自得说话的人，而现在，当这些词语从这样的女子娇嗔的红唇里冒出来的时候，便在他心中勾起了怅惘而哀伤的旅情。在《北国女人》《雪国恋情》中出现的甜美的歌词——仿佛是一个长篇传奇故事中的语句，每天都两次三番在他耳畔响起。

那沉吟皆来自他体内潜藏的叛逆热血的涌动。清澄的苹果的汁水，无法驱除一滴滴血球里隐含的罪恶。一天数次浸泡在泉水的温情中，那温情助长了鲜血的养育。有时候，在无人的空荡荡的浴室里，他将下身浸没在水里，恍惚地凝视着澄澈而透明的水底，大腿仿佛被月色沐浴着，反射出青白的光亮。直彦非常了解自己的容貌和体格是如何温软地包裹在女人一般柔和的曲线之中。他明白人们常说的“雪肌”就是如同自己这样体毛稀少、有滑腻质感的皮肤。

他拧干手巾，将泉水如瀑布似的浇注在身上，看着那水流通过他胸前，滴落于腹部之上，经过肚脐缓缓流去的美妙。两只臂膀上的水被体脂弹射出串串珠玉，皮肤下出现了青骢马似的血染的红斑。

直彦将如此秀美而高贵、讨得千万女人所喜欢的肉体，献给唯一的恋人。他为自己这纯洁的心灵祝福的同时，也更加赞叹、渴慕恋人那不可思议的魅力。

然而他那为淫荡而欣喜的热血，缓缓抬起了头，将那好容易付出的令人钦佩的努力彻底打碎了。直彦偶尔把身体摆成“大”字躺在浴室的地板上，他感到只有这样的地方才能使他展示“如此完美无缺的躯体”。好容易花了三个月通过节食而消瘦下来的身体，眼看着一天天变得肥硕而莹润，他简直无法忍受这残酷地出现在眼前的肉体。

在旅馆里住了十天光景，一天午后，直彦和往常一样嚼着香甜的苹果，心中十分惬意。不料，他频繁嚼动果实的下巴颏一阵酸痛，越嚼越感到原先清淡的味道消失殆尽了。之后，他将粘在牙齿上、吃了一半的苹果狠狠地丢向廊子外的沙滩，跑回浴室，纵身跃入浴池，独自发起狂来。最终，全身湿透了的直彦气喘吁吁，拖着啪嗒啪嗒滴水的四肢，像狗一样久久地、纹丝不动地蹲坐在地上。

天亮了，苹果依旧被丢弃在沙滩上，直彦瞧着那雪白的果肉已酸化成丑陋的茶褐色，被海风吹拂，心里感受到被这个果实欺骗了的滋味。如此，他又横卧在浴池里，沉迷于思索之中。

那天晚上，直彦难得喝得酩酊大醉，他急匆匆付了房费，又从浅虫车站乘上七点钟驶往弘前的列车。直彦坐在乘客较少的三等车厢的一角，将身体无力地靠在墙上，他的眼睛闪烁着野兽的光芒，脸孔充斥着骇人的血潮。他酒精上涌，良心开始变得麻痹起来。直彦体中放荡的血流如冲破堤岸的海潮汹涌澎湃，筋肉腐烂，使得他皮肤火热，四肢受到鞭挞，坐立不安，痛苦难熬。

过了青森，车厢里只剩下直彦一人，他似乎卷入烈焰之中，四肢和全身拼命挣扎，时而呈“大”字躺卧在椅子上，时而身体朝上，两脚在虚空中拼命地踢腾。忽然，他安静下来，却仍然坐卧不宁。之后，直彦将热辣辣的脸颊紧紧贴在水蒸气结霜的玻璃窗上，一阵长吁短叹，宛若猛兽咆哮。接着，他用手掌擦了擦玻璃，用热气润湿的十个指头抹了抹通红的脸庞。最后，他把脸往每块窗玻璃上贴去，把鼻梁挤压得变了形，目不转睛地注视着窗外的风景。

火车不断向西方奔驰，雪越积越厚，看不见人家和树木，暗夜中只有一个个柔软的白块在起伏、翻滚。

到达弘前大概九点左右，直彦去了当地的小酒馆和荞麦面店。他渐渐从醉意中清醒过来，走在刺骨的寒气飘荡的街头，燥热的五体被汗水濡湿，口里吐出一股股火一样的热气，漫无目的地在街道上转悠。他走在大道上，好几次因冰滑倒。恶魔般漆黑的街市，沉浸在无边的静谧之中，望得见远处高丘上闪烁着一片片华美的灯火。那灯火仿佛看见了喝得泥醉的直彦，微笑着向他招手。直彦在这寂寥的乡镇的一隅，心里深深体验着那辉煌灿烂的灯火所蕴含的意味。

至于去了哪里，怎么走的，几点钟乘坐的人力车——所有这些他都记不清了。像从黑暗的地方忽然被拖进光耀眩目的世界，当涂了粉黛的脸透过两侧窗棂的缝隙窥视的时候，他的脑海里终于又浮现出了两个月内未曾见到的东京花街的景象，心头猛地一惊。直彦上了二楼，他脑子里朦胧地记着这些，终于在女子的劝说下，饮下了一杯苦酒。

第二天一早，直彦没有乘坐雪橇，他从弘前郊外开始踏着冰雪，疾步走在岩木川沿岸铺设木板的道路上，身后扬起一阵阵雪雾。头顶是罕见的湛蓝的万里晴空。号称津轻富士的岩木山脚下是毫无遮障的广大平原，向道路的左方延伸，那峰峦在眼前高高耸立，呈现着从空中向头顶崩落之势。掩埋了大半个电线杆的积雪，从四面八方反射出灿然的白光，让行人无法直视。

借助酒力，一切姑且听其自然好了。除东京最挚爱的恋人儿以外，绝不愿意暴露给他人的珍贵的肌肤，昨天差一点就给了那个女人。直彦只要想起那情景，就会愤怒，感到卑鄙可耻。“北国女人”“东北美人”，他对于这类词的幻觉，一夜之间悉数破灭了。从妓院的格子窗所瞧见的那些个无知、丑恶、鲁钝的女人，只要稍稍触及自己纯洁的肉体，直彦都会感到厌恶而一宿不眠。即使这样，那涂抹得厚厚的白粉、香腻的发油的味道，始终缠绕在他周围，胸口泛起一阵阵恶心。

女人喜欢东京哥儿的优雅风采，她使出浑身解数，固执地想讨得直彦的欢心。

“这里不是我该来的地方。就让我这晚辈安静地睡会儿好觉吧。”直彦如此辩解着，腹中翻腾起极度的轻蔑、摈斥和愤懑的情绪。

“我的恋人在东京。”他几次要说出事实，却感到这样做本身就是愚蠢可憎的，总也没有勇气开口。

憎恶、怨恨，不仅仅是这些情感，面对这些心中颇为鄙夷的女子时，两个月来直彦体内已经干渴枯竭的血正在妄图反逆。于是，他想起再也无法见面的女子的面容，想要找出几处绝美的印象，即使和现实完全不符，也要做出一个浅浅的幻觉的外壳。他彻夜忍耐着苦闷的折磨，与其说是对于丑妇的那副令人作呕的媚态的隐忍，不如说是努力压抑此种狂躁的热血。

自从浅虫一别，我们已有一段时日没有联系了。现在是三月中旬，东京已近赏花季节了吧？可是这里积雪还有四五尺深，是东京人无法想象的寒冷天气。我没有尝到美味可口的土特产，也没见到人们赞不绝口的雪国美女，在诸多事情之中，我只想起对你的许诺，爱恋至深，让我时而恨不能立即坐火车返回东京。然而为了挣点儿钱来到这里，又遇上难得见到的大雪，这北国的冬景和风俗，不把它描绘下来就回去，太可惜了。这缘于我有坚守最初誓言的意志，并为此而努力。我猜想每一日的写生画，你都在报上见到了。之前信中提到的有关可怜的麻风病三兄妹的画儿，也会在之后的报刊上登载。至今我对那三兄妹仍旧念念不忘。今后，我要远走青森边陲，冒着风雪走进火车、汽车都无法穿越的寂寞寒冷的地方，也许很长时间我无法与你联系，你可从报上刊出的写生画得知我的一切。我做出这样的牺牲，一定能遇见令我惊奇的美景、令我回味无穷的美食。在这季节更迭之际，你要多多保重身体，平平安安、无灾无病地生活。就写到这里。

直彦为了排解怨气，于妓院的二楼，让女人坐在自己的面前，给她读了这封信，然后没有再去其他地方看看，就离开了这令他生厌的弘前。

想着想着，他怀念起东京的女人，她们美丽又高贵。直彦对于昨晚自己做出的轻率举动后悔不迭，爱慕的情感无法抑制地涌上心头。正如他信中所述，真想不顾一切地折回东京，然而诚实的品性，使他即使到了这个地步，也下不了决心无视庄严而充满艺术美的大自然，撕毁与报社的约稿合同。“我一定要忍耐这六个月的时光。憧憬未来，等待着同恋人重逢的日子一天天接近。”——对于直彦来说，如此多愁善感的心绪，让自己感到珍贵而快乐。

曾一度接触诱惑，被煽起奔腾之势，得不到满足的血的愤恨再次癫狂地肆虐全身。“如果恋慕的情感驱使我感到昨夜的女人现在显得漂亮了一点的话，本不该轻易放走好不容易凭借酒力获取的机会。”那遗憾执拗地盘踞在心中，即使仰望白衣圣洁的津轻富士，远眺满眼覆盖皑皑白雪的旷野，他对此事仍念念不忘。

“暴风雪哟，吹吧，吹吧，痛彻地吹吧，把我从沉醉中吹醒。将这滚烫滚烫的血的骚动彻底冰冻起来，直到骨髓深处。”

只要有缝隙，就会萌发邪念的嫩芽，直彦丝毫不能放纵狂妄而又懒散的筋肉。他不乘雪橇，踏着新雪的表面，如黄鼠狼一般向前奔跑。有时，身子倒进雪地里，外套和帽子沾满白雪，疯狂地做着狗刨式的动作。

当天傍晚到达木造。放眼望去，只见茫茫大雪深处，掩埋着尸骸般寂寞、无助、孤立而悲哀的村落。在那里生活的人们每日在自然的威力下颤抖，与同伴们紧紧抱合，一边取暖一边过日子。因为暴风雪的影响，村落与外界的交通联系断绝了，这样的情况持续了好几天。

直彦离开弘前之后，只见过一日蓝天。待在木造的五天和五所河原的七天，他坚持同凛冽的寒风搏斗，随处探访西津轻街市的冬景，并一一描绘下来。灰烟般的风雪，狂乱飞舞，看不到两米之外的景象。他背过身子，将全身的力量集中于肩头往前进。直彦被卷进风暴的漩涡之中，呆然耸立，觉得自己或将窒息，或将冻死，想到这二十五年的生涯，或许到了命数已尽的时候了。有时候，雪花如石头尖儿猛扑过来，紧紧冻结在他毫无知觉的脸颊上。

“爱人哟，因为我对你的爱慕之情还不够纯净，我要赌上自己的性命苦苦修行，请看看我可贵的意志吧，有你存在，无论身处多大的险境，我必能战而胜之。”直彦双唇青紫，牙齿激烈地打战，合不上嘴巴。他祈祷般地反复絮语。

有时他又乘上雪橇来到平原的尽头，看日本海沿岸的鲹泽、深浦和大户濑附近一带悲凉而阴森的风物。

马儿拖着雪橇，快速奔跑在纯白的水泥地上。跑着跑着，积雪越来越厚，原野也愈益广阔，大海不那么容易看得见了。棚盖低矮、空间狭小的火柴盒般的雪橇里坐进四位客人，窗户歪斜得厉害，嘎吱嘎吱地响，眼看就要裂开来。多数的窗户为防风雪都关闭了，前后左右垂挂着布帘。寒风如刀，从缝隙间吹进来，刺疼了肌肤。即使是白昼，在厚实的布帘下，车内也是漆黑一片。

特别是在阴郁的黄昏的旷野上，雪橇滑走时最为可怕。日暮时分，缥缈的雪光占领了天地，满眼尽是幽暗铅色的天空以及连绵不断的银白沙漠。北风从遥远的地平线袭来，原野地面的积雪卷起浮云般白色的烟霭，飞腾荡漾，犹如惊涛骇浪的海洋。

无数粗大的冰凌埋没在熔岩般流动的积雪之下，现出众多的格子状，一排排垂挂在农家的屋檐下。丁零，丁零，寂寞的铃声响彻寒林，进入蓊郁的树林深处时，雪橇突然陷入松软的雪层里，推也推不动。

“嗬——！”

马夫一声咆哮，打破了肃穆深林的寂寞。鞭声清脆，呼呼喘气的马儿吐出白气。仿佛被这嘈杂声所惊吓，从林子深处的树梢上，啪嗒一声，雪块如撕扯的年糕一般掉落下来。

日本海沿岸的景色更加惊人。海面上重叠着旧棉絮似的乱云，漆黑的浪涛如群魔乱舞，跃动于洋面之上。暴风雪从侧面吹打着家家户户密闭的雨窗，汹涌澎湃的怒涛崩落在草席般的积雪上，随之注入一股股冰冷的潮水。

爱慕恋人的心思愈趋强烈，饥渴的性欲愈加昂奋，直彦越来越偏离常轨，一味陶醉于危险而乖戾的行动之中。

“夏季，这儿依然寒冷，东京人受不了，弄不好会中途冻死。”

直彦听不进当地人的劝说，于三月末，从鲹泽向深浦出发，计划顺着日本海沿岸，冒险进入秋田县的牡鹿半岛。他的心几乎到了发狂的地步。

漫长的严冬结束了，四月上旬，厚厚的积雪下边开始露出黑色土地。直彦无论游荡何处，忍受着九死一生的痛苦，却终究平安无事。他所绘制的八郎潟附近的写生画，每天都能从东京的报纸或杂志上频频见到。

直彦倾心于如同图画一般美丽的能代港，他在那里逗留了一段时间，渐渐地，晴朗的日光溢满山野，五月初，一个温暖的、和风拂面的朦胧的月夜，直彦独自一人飘然来到秋田的市街。

北国正是盛春时节，旧城迹公园的樱花盛开了，花朵棉絮般温暖地缀满了枝头，花树荫里，透着微茫的月光。直彦在浓雾笼罩的天空下，如梦如幻地从高台远眺旧城的街道。秋田的街道以佐竹骚动、“妲己”、阿百乃[1]的传说闻名于世，带给人美丽、荒唐而奇特的联想。成排的灯光仿佛照耀水底的渔火，闪烁着点点光芒，在春夜朦胧的空气里摇荡。直彦那颗长时间被锁在冰室、历经狂飚的扑打而被撕裂的心，此刻犹如被包裹在温暖和软的羊毛里，萌发出一丝人间的柔情。

直彦无意识地欣欣然从公园朝河畔信步而行。夜，如睡梦中女人蓬松的乱发，在黑暗的街角里鼓胀而浮动。那目不可见的千百只香炉上袅袅升起的烟霭，氤氲熏染着家家户户的房檐。香烟店内的女孩子、旅馆柜台里端坐着的老板娘，这些寻常人家的女子让人看去都不失其北国佳丽的盛誉。穿梭而过的人们仿佛个个都在恋爱，浮现出恍恍惚惚、若有所思的神情。

直彦不知不觉走在妓馆和饭馆鳞次栉比的狭窄的街道之上，两侧华丽的灯火如提灯的光带来回交错，在地面上映出格子状艳丽的影子。拉窗的毛玻璃上，飘动着娇艳的岛田髻和银杏返[2]的倩影，年轻女子怀中散发出来的白粉的

1　江户话本故事传云，宝历年间秋田佐竹藩之所以骚乱，乃因当时二十三岁的藩主佐竹义真被其偏房阿百毒害，一时无继嗣，众人争夺其位而起。

2　江户时代流行的女子发式。

味道飘出门外，二楼宴会场三弦琴欢乐的声音如雨点儿打落在直彦的头顶上。

难得的北国之春的夜晚，洋溢着无限的情趣，这使直彦暂且忘却了自己的恋人。在过冬的两个月里，一个人忍受着残酷的欲求的煎熬，此时，那欲求又不由得涌上心头。

然而他在心里发誓不再重蹈弘前犯下的错误。如此，直彦强行压抑脑袋里冒出的邪念，捂住眼睛，并不掩起耳朵，飞快地逃离了那条街道。

“再见了，我所怀念的秋田的街道。你的美女们没有足够的力量玷污我纯洁的爱情。再见了，我要早一日回到东京，将你诗一般的美丽以及城市趣闻讲给我的恋人听。”留下诀别的话语，隔着朝雾回望城中的屋顶，翌日黎明，直彦迈着轻快的步子离开了这里。

战胜诱惑的自豪与喜悦使直彦感慨万端，他决心从今以后，回到东京之前，不再靠近那些动摇善心、滋养邪念生根成长的地方。不贪杯，不夜游，以免给淫荡的血液以可乘之机。直彦下决心尽力排除肉体安逸，只要时间和情况容许，尽量尝试徒步旅行。他依照过去那样，在途中路过的每一个小站留宿，第二天一大早再起身赶路。他从早到晚坚持步行，一直到傍晚到达旅店后，尽情地将绵软疲累的四肢伸展在被子上，刹那间酣睡过去。

四月即将逝去，当新绿的春风吹拂大地的时候，鸟海山、月山、羽黑山的峰顶白云攒聚，早早裹挟着夏日的光影，雾气蒸腾，矗立于前方的天空之中。直彦即使走进赤汤、上山等有着很多温泉地的羽前[1]国，每个地方，也总是待不满一天。他两眼注视水量上涨的最上川[2]的激流，每日沿着一望无垠的郁郁葱葱的桑园国道前进。高过人头的桑林那溽热而繁茂的绿叶，时时淹没了直彦的身体，使他见不着天空以外的景物。每当来到新庄、山形和米泽这些地方的市街，他就弯腰曲背穿行于大街小巷。除了吃饭和写生，他没有一点闲暇时间去想心事或看景物。激烈的体力运动和浓厚的酣睡，夜以继日地持续着。

越过赤岩的山岭，眼底闪烁着福岛街道的灯火，那是五月中旬的一天，夜里九点左右。此后，每天都是晴空丽日，初夏的日光，渐渐显现出难以抗拒的威力。他忍耐又忍耐，层层包裹起来的体内的□□达于极限，充盈到手脚的尖端，无论受到多么微小的刺激，顷刻间周身热血奔涌。日光如雨，倾注在泛着蓝光的绿树林梢头。其间隐约闪现出年轻女子

---

1 古国名，如今山形县大部。

2 发源于吾妻山的河流，流贯山形县，注入日本海。

艳丽的甲斐绢制的遮阳伞。定睛一瞧，女子身穿轻柔的乳白色法兰绒单层和服，外面套着鲜艳欲滴的浓蓝色中号浴衣。——在那浓艳的绿色的映射下，如此打扮更突显了城市女人白皙的肌理。直彦每当看到这种情景，不禁惊恐地打战。

汗水湿透了全身，在他一边屏住呼吸，一边拼命赶路的途中，焦躁的血液的骚扰，丝毫不用借助任何刺激，时常突然无意义地盲目爆发起来。他犹如被恶魔追赶，神魂颠倒似的飞奔出去。直到眼睛眩晕，他一边嗅着茂密的绿叶的气息，一边恍惚地蹲踞在道旁。为了使心情轻松起来，直彦常常买来不出三天就要换一次的漂白的棉织三角裤，尽量束紧洋装的皮带和裤带。用湿毛巾包住头脸，将井水浇在灼热的头颅上。

“去海边，去海边。去那令人舒适畅快、白浪拍岸的海滨，吹吹海风吧。”他这么思忖着，从白河沿奥州街道，拐向左方，经过险峻的八公里山路，直奔勿来关。半道上，他被大腿内侧的脓肿折磨得痛苦难忍。体内郁积的淫荡血液凝聚成鲜红的肿块，沉积于皮下，撕破筋肉，腐烂皮肤，寻求发散的途径。即便如此，他却因这辛辣的疼痛，暂且忘却对性的欲求而感到欣喜。直彦强忍头脑中一阵阵剧痛，好似奔跑中负伤的野猪，一跛一拐，激励自己继续向山顶攀登。肿块的尖端在第二天的步行中爆裂，浓血滴滴答答沿着小腿向下流淌。直彦在无人的山间草丛中，脱下裤子，露出雪白饱满的如女人的赤裸臀部，坐在冰冷的青苔上，一边痛苦地呻吟，一边用双手按住肿块。 五个月的旅程之中，向他纯洁的心灵发出诅咒的恶性血液，化成了黄色和褐色的毒脓，蚯蚓似的爬行在粉红的屁股上，然后再滴落到地面，随之招来成群的蚊蚋。血终于止住了，可是左右臀部的下方，同时新生出两个疖子。直彦离开勿来海岸，沿海滨大道到达平潟海港时，已经失去倔强忍受的耐心，太阳还高高悬在天空，他就踏入一家旅馆的大门。

肿块比以前又结结实实增大了一圈儿，几乎占据了半个臀部。别说走路，就连坐下伸腿的动作都很难完成，唯有仰身躺下或直立不动。直彦全身每个关节仿佛被碾压般地抽搐着，伴随恶寒和高烧，他一夜没合眼。

天亮了，随着黎明的到来，疼痛越来越剧烈，直彦无论多么焦灼，也只得暂时躺在旅店二楼，等待下身肿块消除。脓肿凸起的地方无法伸手挤压，只能借助他人之手来解决。

“我来帮你排脓，把脚伸出来吧。”旅店的女人每天来照顾直彦。这位肤色浅黑、严肃紧凑的脸盘儿上生着一双清澈大眼睛的中年女子梳着银杏髻，身上穿的是扎染的洗得发白的浴衣，两面用的黑缎子腰带松散地系在滚圆的肚子上。她既称不上是女士，也称不上女佣或姑娘，只是生长在这个渔港的一个粗鄙的女人。

“我就喜欢给人排脓，看，脓血挤出来时很有意思呢。”女人让直彦俯身躺下，将睡衣的下摆轻快地绕在头顶上，毫不客气地按压肿块的根部。直彦痛苦得四肢拼命挣扎，想要逃离，而女人一屁股坐在他背上，将这成年男人紧紧按住：“不行不行，一点男子汉的魄力都没有，再忍耐一下，不听话，我就得这么对付你了。”接着又说：“不得了啦，一股股往外涌啊……挤出来这么多。”黑乎乎的脓血全部挤干净之后，女人往伤口上吐了口唾沫，又从腰带里取出樱纸[1]擦干净。

“你的皮肤跟女子一样，很美呀。”女人出乎意料地说出这么一句，拍了拍男人疼痛的屁股，又用指头拧了他一把，嘲弄道：“窝囊废。”

女人任性、娇嗔的态度，浅黄色、富有魅力的肤色，疯狂地搅乱了直彦的心。他一边按着肿块，奇异的痴情驱使他发出痛苦的呻吟，猛然抱住了女人的双腿。

“我给您看看有趣的东西吧。”有一次，女人从怀中

1　薄而柔软的小幅日本纸。

取出色彩浓艳的绘本，说道，“不管肿块是不是消了，一定不要早早站立起来。再休息二三天吧。”

尽管女人频频挽留，直彦还是没有改变回程的决定。那天傍晚，他结完账，给了女人高额的小费，便离开了平潟。

“先生走了，你舍不得呀。”女人不管其他女佣如何嘲讽，送直彦出了城，临别时对他说：“您不要在乡村野外磨蹭太久，快回东京去吧。可爱的女人正翘首盼您归来呢，到哪里，都不可凭着自身的相貌让女人着迷呀，那可是犯罪啊。那本绘本请您留下权且作个纪念吧。”

随着肿块的疮痂一片片剥落，天气渐渐热起来了。眼看要灼伤皮肤的日光照射在深蓝色平织纹的洋服上，直彦片刻也忘不了□□的引诱。他走在海边，忍受不住，跳进海里，又将湿漉漉的身体躺倒在灼热的沙石上，满地打滚。在人影稀少、太阳高照的乡间路上，直彦像个盗贼似的一看到树荫就挨近前去。有时候，他轻轻打开平潟女人送给自己的彩色绘本，细细端详。就连晚上入眠时，他痛苦地不停翻来覆去，露出屁股和脊背，扭动大腿，一副难看又可怕的睡相。过了水户、石冈、土浦，随着东京渐渐接近，直彦脑海里塞得满满的是很久没有想起的、与恋人第一晚相会时□□□□□□，至于周围的景色物事，都没有进入他的心里。直彦一边走着，一边在眼前描绘可鄙的梦境。

从我孙子到松户，渡过江户川，沿中川溯流而上，可以望见麦田远方浅草本所的市街，充满活力的烟煤仿佛在展示着大都会的底气，朝气蓬勃地升上天空。没有树荫掩映的地面一片灼热，干巴巴的泥土附在鞋底足有两三分厚。或许是长时间步行的缘故，直彦不时伸展一下他那因湿气而浮肿的手指。左右脚的脚底生出茧子，每迈出一步，腰椎和大腿的肌肉就钻心地疼痛。眼也花了，他头晕目眩，意识朦胧，那几乎瘫倒在大道旁、精疲力竭的肉体，只是被性急的恋慕的情感牵引着前行。

到了金町，夕阳西下。晚上十点左右，过了千住的大桥，从三轮大道拐上日本堤，眼前出现了熟悉的城郭的灯光。在那灿烂夺目、楼阁毗邻的光的海洋里，有他爱恋的人儿。直彦思忖着，在送客柳的树荫下伫立良久，心荡神驰地望着血红的灯火。优美而欣喜的泪水溢满了温润的眼底，滑落在双颊之上。终于，他从那里一溜烟儿直奔大门而去。

“啊，你可回来了。你那么一说，还以为你犯上些事儿，回不来了呢。”女子看着直彦一脸憔悴的模样说道。这天，直彦十分欢喜，甚至来不及剃去长胡须，剪掉长头发。饱受日本海岸风雪的洗礼、太平洋潮风的吹打，坚持了六个月战斗的肉体内外呈现出痛苦的影子，从他黝黑的面庞上表露出来。如今，透着天真气的润泽的眼眸黯然失色了，动辄闪耀着焦躁而严冷的目光。女子看到直彦的目光，在醉酒之后闪烁着狼一般骇人的光辉。

“今晨一早从下总出发，沿海浜大道一直往前，从北千住过来时，没回家就径直赶来这里了。”直彦满怀感慨地说道。他在心里感谢自己的节操，除赞赏恋人的美貌之外，他的神经为这欢喜与感谢而兴奋，顾不上详细叙说旅途中的见闻。直彦已经有半年多没见过恋人的眼波、唇色以及丰腴的脸庞、曲线的颤动，为了再次一一确认这一片片美丽，他不停偷眼看看女子的脸颊，暗自恍惚起来。这期间，松解了的被束缚的放纵的热血，不停地怂恿着他。即使绉纱的袖口的皮肤，被一缕头发搔出痒来，刺激也会席卷他的周身，使得皮肤敏感活跃地做出反应。

享受着初夏来自天地间的生气勃勃的惠赠，女子比新年离别之时，显得更加风姿绰约了。她的皮肤燃烧得比大洗海边灼热的沙石更加热烈。直彦宛若包裹在烈火之中，就像患疟疾的病人般震颤不已。是欢乐还是恐怖，他自己也无从判断。

“果真你忍了半年了？”女子一边说着，一边巧妙地用指尖挑逗男人，男人的脚背后鲍鱼般在蠢动。

女子如调教烈马的伯乐，猛烈而疯狂地鞭挞、绑缚、玩弄直彦。她顽强的抵抗力和狡黠的技巧，足够能操纵直彦半年里的节操。男人就像被捕杀的野狗，紧紧抓住手中的物体。

直彦昏昏然坠入沉睡之中，过了很久，也没有醒过来。他情迷意乱，五体麻痹，一刹那，整个身体凝结成一具冰冷的尸体。直彦死了，验尸的医生说，他是因强烈的兴奋导致脑溢血而死。

刺　青

那个时代，人们都还有着“愚执”的高贵品德，世间也不像如今这样互相倾轧、尔虞我诈。贵族家的老爷、少爷们悠然自得，脸上不见一丝愁云，大户人家的女佣或花魁有着说不尽的乐事，就连以耍嘴皮子为生的茶馆老板和帮闲这样的职业也很吃香。世间沉浸在悠闲的氛围里。女定九郎、女自雷也和女鸣神[1]——在当时的戏曲或通俗绘图小说里，这些美人都是强者，丑人都是弱者。所有人热烈追求美，甚至在自然天成的身体上注入颜料。芳烈的，或是绚烂的线条与色彩跃动于当时人们的肌肤之上。

1　均为古代戏曲中的美女。

那些耽于游乐的人喜爱选择有着绚烂刺青的轿夫。吉原、辰巳园[1]的女人也迷上有漂亮纹身的男人。赌徒、市井泼皮自不必说，就连商人，甚至少数武士也纹了身。在两国[2]举办的刺青会上，与会者一个个拍着肌肤，互相夸示和评论着那些意趣奇拔的图案。

有一位名叫清吉的优秀年轻刺青师，被人们追捧为技艺不次于浅草的滑稽大师、松岛町的奴平、恳恳次郎等名手的刺青师。几十个人的肌肤，在他的绘笔下俨然成了铺展开的白缎。在刺青会上博得好评的花纹大都出自他手。达磨金据说擅长晕雕，唐草权太被赞誉为朱刺的名手，清吉又以奇警的构图和妖艳的线条而闻名。

作为一个曾经仰慕丰国国贞画风、以浮世绘画师身份谋生的清吉，如今虽然沦为一个刺青师，但他仍然拥有画工应有的良心和敏锐的感知。如果一个人的皮肤与骨骼没被他的心灵所魅惑，是不可能求他为自己刺青的。即使偶然请他纹身，除了一切构图和费用要按其要求支付，还要忍受一两个月难堪的针扎的痛苦。

在这个年轻刺青师的心里，隐藏着不为人知的快乐和

---

1 江户时代的花街游廓。

2 东京地名。

夙愿，他将针扎入人们的肌肉里时，大多数男人会因难以忍受红肿肌肉的疼痛而发出悲戚的呻吟，那呻吟声越激烈，清吉就越感到一种不可思议的、无法言状的畅快。然而更使他欣喜若狂的是使用刺青里最使人疼痛的朱刺与晕雕。一天平均被扎上五六百次的人，为了染色后颜色鲜丽，经热水浸泡而出浴后，都奄奄一息地瘫倒在清吉脚下，好久不能动弹。清吉总是冷眼看着他们那副凄惨的样子说道："想必很疼吧？"说着，开心地笑起来。

看到那些脆弱的男人好像得知死期一般嘴歪眼斜，咬紧牙关发出唏嘘悲鸣时，清吉便说道："你也是个江户哥儿，忍耐一下吧。我清吉的这个针呀，可是格外的痛啊！"说罢，他就斜睨着满眼含泪的男人的脸，不顾一切地扎下去了。至于那些忍耐力强的人，猝然壮起胆子，眉头也不皱，只管坚忍下去。"唔，外表上看不出你是个刚强的人啊——等着瞧吧，剧痛马上就要来到啦，它会使你痛不欲生！"他露出雪白的牙齿笑道。

清吉几年来的愿望，就是将自己的灵魂刺入一位光辉耀眼的美女的肌肤。他对这个女子的素质和容貌有着各方面的要求。光是娇媚的容颜、细白的皮肤是不能满足他的。即使将全江户城烟花柳巷里的名妓查个遍，也难找到一位与他的心思、口味和格调相符合的人。清吉在心里描画着那个还未谋面的姿影，三年、四年了，他白白地憧憬着，从来没有舍弃过这个心愿。

恰巧第四个年头的一个夏日的傍晚，清吉打深川的一家名叫平清的饭馆儿前经过，他蓦然瞧见店门前停着一辆轿子，轿帘底下露出女人一双雪白的裸足。在他敏锐的目光里，一个人的脚和他的脸一样，带有复杂的表情。那个女人的脚对于他来说，就是珍贵的肉体宝玉。顺着大脚趾到小脚趾，五根纤细而整齐的脚趾，那颜色并不亚于绘画里的海岛边捡来的淡红的贝壳。明珠般浑圆的足踵，那脚底的皮肤，犹如屡经岩缝间清冽泉水的反复冲洗，光洁莹润。这只脚不久就将在男人的鲜血中养肥，奋力践踏在男人的肢体上。只有具备这样双足的女人，才是他长年苦苦寻求而未得的女人中的女人。清吉极力克制住激动的心情，为了看一眼轿中女子的芳容，他跟在轿子后面紧追不舍，跑了两三条街，却不见了轿子的踪影。

清吉憧憬的感情演变成了强烈的思恋。那一年过去了，到了第五个年头，一个暮春的早晨，他在深川佐贺街的寓所里，嘴里衔着牙签，望着在斑竹搭建的露天廊子上放着的万年青花盆。这时，有人影从后院的木门闪过，透过篱笆，他看见一位从未见过的小姑娘朝这边走来。

小姑娘是清吉熟悉的辰巳园的艺妓派来的。

“姐姐叫我把这件外褂亲手交给您，请您在衬布上画些花纹……”说罢，她解开金黄色的包袱皮，从里面拿出裹着岩井杜若[1]画像纸的女用外褂和一封信。

那封信里反复拜托他关于外褂的事，最后提到派来的小姑娘，说她近日作为妹妹的身份开始应客，请求不要将自己忘记，并且好好关照这位姑娘。

“我不记得见过你，那么，最近你来过这里吗？”清吉频频打量着眼前这位姑娘，她年纪最多不过十六七岁，说来也怪，在花街柳巷里生活久了，那五官极其标致，好似成熟女人一般，足能使几十个男人为之魂牵梦绕。在这个国家的罪孽与财富都集中流入的城市里，她是数十年以来，从生死相传的众多俊男倩女的万千梦境之中，产生出来的精华。

“你去年六月，从平清坐轿子回去过吗？”清吉一边问，一边把姑娘引向廊子，他定睛凝视姑娘那双踏在草席上精致的裸足。

“嗯，那个时候爸爸还活着，我常常回平清。”听了

1 即岩井半四郎（1776—1847），歌舞伎俳优，俗名杜若。扮相俊美，长于演出世俗故事中的女主角。

这个奇妙的问题，姑娘笑着答道。

“到现在正好五年了，我一直在等你。今天虽然初次见到你的芳颜，可是你的脚给我留下了印象。——我有东西要给你看，请上来玩一会儿再走吧。”清吉拉起就要告辞的姑娘的手，领到二楼面对大河流水的客厅里，随后拿出两册卷轴，先将一册展现在姑娘的面前。

这是一幅描绘古代暴君纣王的宠妃末喜[1]的绘卷。画中的末喜，承受不住蓝琉璃、珊瑚镶嵌的金冠的重压，纤弱的身体倦怠地倚在栏杆上，罗绫裙裳在阶梯中段飘扬。她右手擎着一只大金杯，凝望着庭前正在被作为供品处刑的男子。那男子四肢被铁索捆绑在铜柱上，等待着生命最终的时刻。他的头耷拉在妃子面前，紧闭着双眼。不论是妃子的风情，还是男子的面色，这一切都描绘得惟妙惟肖。

姑娘久久注视着这幅奇怪的画面，不知不觉，她的双眸熠熠闪光，嘴唇也颤抖起来。不可思议的是，她的面颊渐渐变得近似于妃子。姑娘从画中发现了隐藏的真实的“自己”。

“这幅画映射出了你的心灵。”清吉一边痛快地笑着，

---

1 原文如此。末喜在历史上为夏桀的王后。

一边窥视姑娘的脸孔。

“您为何给我看这么可怕的绘画？”女子抬起苍白的前额问道。

“这幅画中的女人是你，这个女人的血液就融汇在你的身体里。”清吉说着又打开另一幅画轴。

那幅画题为《肥料》。画面中央，一位年轻女子斜倚在樱花树干上，低头凝视着脚下众多男人的累累尸骨。她的身边飞舞着高唱凯歌的鸟群，目光里充溢难以抑制的自豪与欢乐的神色。那是战斗遗址的场面，还是春天花园的景象？姑娘看了画儿，感觉于自身和心底深处找到了某种潜藏的东西。

“这是展示你未来的画卷。在这里倒毙的人们，今后都将为你舍掉生命。”清吉说着，指向画中一位与姑娘面庞丝毫不差的女人。

“这可是来生的事，快把画收起来。”女子仿佛要避开诱惑，背朝画面，趴在榻榻米上，慢慢地嘴唇又开始颤抖起来。

“老板，我坦白。正如您所看到的，我有画中女子一样的禀性。——所以请您给予宽容，将这个收回去吧。”

“不要说那些怯懦的话，好好看看这幅画吧。你对它深感恐惧也只有现在了。”清吉说着，脸上荡漾起常有的诡秘的笑容。

然而少女迟迟不愿抬起头，她的脸掩蔽在内衣袖里，久久俯伏在席子上。“老板，放我回去吧。在您身边，我感到恐慌。”少女不断地重复着这句话。

“请等等吧。我要使你成为一个绝色女子。”清吉若无其事地挨近姑娘身边，他的怀里藏着荷兰医师赠送的一瓶安眠药。

灿烂的阳光照射着河面，八叠的房间火一般明亮。从水面反射上来的光线，在酣眠中的少女的脸颊和障子门上描画着金色的颤动的波纹。清吉紧闭房间的隔扇，手里拿着刺青的工具，片刻间只是恍惚地坐在那里。如今，他可以生来第一次细细品味女人的妙相了。对着那纹丝不动的脸庞，他想，哪怕在这间斗室里坐上十年百年也不会厌倦。正如古代孟菲斯[1]的民众用金字塔和狮身人面像装饰庄严的埃及天地一样，清吉要凭借自己的恋情，在人的纯洁肌肤上涂染色彩。

不久，他将夹在左手小指、无名指和拇指之间的画笔

1 孟菲斯（Memphis），开罗南方古代都市，附近因建有金字塔而成为全国首都。

的笔尖，横放在少女的脊背上，用右手从上方开始扎针。年轻的刺青师的灵魂融化在墨汁中，渗透进皮肤里。混合着烧酒扎进肌肤里的一滴一滴的琉球朱，是他生命的甘露。从那里他看到灵魂的色彩。

不知不觉过了晌午，和暖的春日渐渐临近黄昏。清吉片刻也未停手，少女仍沉浸在睡梦中。姑娘迟迟不归，店铺的人很担心，打发伙计来迎，清吉回他说："那个女孩儿早就回去了。"于是把来人赶走了。月亮升上对岸土州宅邸的上空，如梦的月光流泻在沿岸一带家家户户的庭院里，刺青还没有完成一半，清吉专注地挑亮了蜡烛的烛芯。

对清吉来说，注入一丁点的颜色也绝非易事。每刺一针、缝一针，他都深深吐出一口气，仿佛刺在自己的心上。针刺的痕迹很快开始形成一个巨大的蜘蛛女的模样，随着夜空再次微微泛白，这个不可思议的魔性的动物，渐次伸展开八肢，露出整个脊背，盘踞在那里。

春天的夜色，在上行和下行河船的橹声中明亮起来。下行船的白帆包裹着晨风，帆顶露出薄薄的云雾。当中洲、箱崎和灵岸岛人家的屋瓦闪耀着光亮的时候，清吉这才搁下画笔，凝视着刺在少女脊背上的蜘蛛的模样儿。那幅刺青就是他生命的全部，完成这件作品之后，清吉的心里深感空虚。

两个人影就那样一直没有任何动静。最后，一个低沉而沙哑的声音震荡着房内的四壁：“我为了让你变成一个真正美丽的女人，将自己的灵魂嵌进了刺青。从现在起，全日本再没有比你更优秀的女人了。你再不会像以往那般胆小怕事了。所有的男人只配成为你的肥料……”

这番话似乎起了作用，女人的芳唇中传来了微小的纤细的呻吟声。姑娘渐渐恢复了知觉。她吃力地拖动一下，深深地叹息一声，蜘蛛的八肢栩栩如生地蠕动起来。

“很痛苦吧？你的身体被蜘蛛紧紧缠绕住了。”

听了这话，少女天真无邪的眼睛微微睁开一条细缝，那瞳孔仿佛傍晚的月光增强了光亮，渐渐散发出光辉，照耀着男人的脸。

“老板，快让我看看背上的刺青，想必借助了您的生命，我变得很美丽吧。”少女的话语像是梦呓，但音调里却充满坚毅的力量。

“好了，现在去洗澡间定色吧。可能很痛苦，可要忍耐啊！”清吉将嘴巴凑到少女的耳根前，小声劝慰她。

“只要能变得美丽，不管什么痛苦我都能挺过来。”少女忍着身上的痛，强装笑脸。

“啊，热水渗进去会很疼的……老板，我是小字辈，放下我，请上二楼等着吧。我不愿让男人看见自己如此悲惨的样子。”

少女出浴后也不擦干身体，推开清吉爱抚的手掌，痛不欲生地躲在澡堂的冲洗间里，发出梦魇般的呻吟。狂乱的头发恼人地散乱在她的面颊上。女子背后立着梳妆台，两只洁白的脚底板映照在镜面上。

女人的态度和昨日截然不同，清吉对此大为惊奇。他遵照女人的嘱咐，独自上楼等待着。大约过了半个时辰，女人双肩上披散着头发，打扮整齐地登上楼来。她双眉舒展，不带一丝痛苦，倚着栏杆，仰头眺望云霞朦胧的天空。

“这幅画同刺青一起送给你，你拿着这个可以回家了。”说着，清吉将卷轴放在女人面前。

“老板，我已将过去怯懦的心灵彻底抛弃了——您是最先一个成为我的肥料的人呢。”女人利剑般的眼眸闪耀着光辉，她的耳朵里鸣响着凯歌的乐音。

“临走之前，再让我看看那刺青。”清吉说。

女人默然点点头，脱光了衣服。此时，朝阳照射在刺青表面，女人的脊背灿烂辉煌。

恶　魔

夜行火车穿越漆黑的箱根群山时，佐伯透过车窗，一眼瞥见富士纺[1]闪亮的灯火，不一会儿，又迷迷糊糊地睡着了。当他再次睁开眼睛时，短暂的夜已经逝去，天色骤然明亮起来，清丽的阳光从品川晴朗碧蓝的海面照射进来，车厢里一派明朗，如同正午。乘客们都站起来，正从架子上取下行李，准备下车。佐伯借着酒力昏睡了许久，当从痛苦的梦的世界醒来，被明亮的日光照耀的一瞬间，他不由得想站立起来，面向朝阳合掌膜拜。

“啊，这回我总算活着来到东京啦！”他这么想着，用

1　成立于 1906 年的富士纺绩会社的简称。

手抚摩胸口，舒了一口气。从名古屋到东京的这段路程中，他不知在途中的火车站下过多少次车，投宿过几家旅馆。单说这次旅行，他刚坐了一个小时，就立即对火车产生恐惧。那轰隆隆向前奔跑的车轮的剧烈轰鸣，时时威胁着他衰弱的灵魂。每当机车发出疯狂的声响，驶过铁桥或钻入隧道，他就头脑错乱，吓破了胆，心脏剧烈跳动，眼看就要瘫倒在地上。自从今年夏天目睹祖母因脑溢血猝死之后，佐伯突然对自己一直爱喝酒的身体担心起来，他始终充满恐惧，心想，不知什么时候，自己也会遭此厄运吧？一旦在火车里想到这些，他全身的血液就会逆流而上，直冲脑门，脸颊烈火般热辣辣的。

“啊，简直受不了啦。我要死了，我要死了！”他一边叫喊，一边紧紧抓住车厢的窗框。他看着火车驶过原野、越过群山，焦急地想让心情平静下来，但摆脱不了的念头如海啸般在脑海中翻腾撞击，他浑身颤栗，心跳加速，情况危急，随时都会昏厥过去。

火车到站，他面色铁青，没命地跳下车，一溜烟从月台跑到站外，这才渐渐恢复了常态。

“真是捡回一条命。如果再坐五分钟，那就死定了。”他心里想了很多很多，在车站附近的旅馆，有时休息一两个小时，有时住上一个晚上，等精神完全稳定之后，又战战兢兢登上火车。他在丰桥住了一晚，又在滨松住了一晚。昨天傍晚虽然临时在静冈下车，随着夜幕降临，不安和恐怖如海浪一般浸满了旅馆二楼，他无法待在那里，又重回车站乘上夜班车逃离。因为拼命喝酒，他不知不觉睡着了。

“不管怎么说，纵然如此，我还是一路平安地来到啦。”他这么想着，在新桥站内一边走，一边厌恶地回头张望一下刚刚放走自己的列车的姿影。这只怪物，从静冈以愚笨的速度一股脑儿奔越几十里山河，对人实施凶狠的胁迫，肆意呼啸不止，这会儿终于疲惫不堪地拖曳着长长的身子横卧在那里，仿佛就要说出“给我一杯水”来，从鼻孔里发出地动山摇的呼呼喘息。宛如包装纸上的图画，火车头打着哈欠，露出巨大的不怀好意的眼睛，偷偷从背后嘲笑他这个落荒而逃的人。

佐伯走出人来人往的晦暗的石板铺成的站内，从正门登上人力车，把旅行包夹在两腿之间，吩咐车夫道：“喂，把车篷架起来！”车站灼热而宽广的地面上反射出明晃晃的光线，他忍受不住光线的刺激，一阵目眩，捂上了双眼。

刚刚进入九月的东京，残暑仍旧很酷烈。夏日的大都会充溢着自然与人的旺盛活力——面对这种比快速列车更加强劲的气势，佐伯从各个方面都无法应对：奔驰在剑一般的铁轨上的电车的轰鸣，一望无垠、充满热气的光辉的天空，在一排排房屋背后燃烧成银色的浓烟、滚滚升腾而起的云块，在干裂的红土地上沐浴着强烈的日光、如散落的火花一般走在街上的人群——不论是头上或脚下，都是强烈的色彩与光照在压迫着他脆弱的心，坐在人力车上的他一刻也不能将双手从眼前放下。

迄今为止，他那一直遭受夜的魔掌摆弄的神经，竟也难以抗拒白昼的威力，想到这儿，他感到生存毫无意义。从今以后直到大学毕业的四年间，他将整日在喧嚣不止的街巷里过日子，是否可以使得对繁琐的法律书和授课产生厌烦的头脑，全神贯注地投入其中呢？与在冈山第六高中念书时不同，一旦寄居在本乡舅母家的话，他就不能再过上从前那种自甘堕落的生活了。他长期的放荡，使自己患上了各种侵入大脑和肉体的恶性病症，为了治病，他不得不暗地里求得医生的允许，偷偷服用一些药物。不久命运会得到应验吧，要么头脑渐渐腐烂，变成废人，要么干脆死去，二者必居其一。

“喂，亲爱的，反正你也活不长，不如我来好好照顾你，你干脆留级两三年就待在这里，免得到了东京，最终落个孤独死、没人管的下场。”

他一想到在冈山，那位要好的艺妓茑子分别时郑重其事对自己说的这番话，心中充满了枯燥而又干涸的悲哀，郁郁不快的烦恼充满心间。

那位脸色苍白、感觉敏锐、妖妇模样的茑子，目不转睛地望着佐伯那副常常似疯子一般兴奋的面孔，讲述着一些洞察未来的事情。但在充满残酷刺激的都市里，人肉被啄食，人骨被摧残，这使佐伯仿佛亲眼看见自己伤痕累累的尸骸凄惨地躺卧在那里。于是他用胆小的眼神，从十指指缝间偷偷窥视着市街的景象。

车子从本乡的大红门[1]前驶过，与两三年前相比，这里发生了很大变化。五六个工人正向刚刚拓宽的左侧人行道上倾倒煮得黏稠的、黑漆一样的东西，他们正在修筑混凝土道路。摆放在大道上的巨大铁桶里的赤热的炭火猛然冲上烈日下的天空，热浪如火。年轻学生们戴着新制学生角帽，意气扬扬地穿行在街道上，从他们的神采间看不到一点儿佐伯那种惨伤的面影。

“他们这些人都是自己的竞争者。瞧，光鲜亮丽的脸颊上充满多么美好的希望，昂首阔步地来来往往。他们是愚蠢的人，骨骼却和野兽一般强壮。我是无法和他们抗衡的。”佐伯想着想着，不知不觉走到台町的大道上，从那

1　东京大学正门。

里可以看见写着粗体“林”字的舅母家，房子里亮着灯。人力车碾过门内的沙石地面，停在玄关的格子门前。这时，他放下两手，向屋里跑去。

“两三天前就说出发了，这期间都在干些什么呢？”舅母一边用爽快明亮的语调问佐伯，一边引他穿过廊子，来到一间八叠大的客厅，向他询问了许多家乡的情况。舅母是一个将近五十岁、矮小肥胖、任何时候都显得十分年轻的女人。

“啊，是吧？……你父亲今年不是挣了很多钱吗？说是存了钱就修建房子的。你也劝劝他，你家里空旷旷的，真是又旧又破呀。我每次去名古屋也都跟他说了，他说迟早会修的，可是都这么长时间了，还是下不了决心。不久前，举办博览会时，他叫我去住上两三天，当时我跟他说了：‘是想去好好玩玩，但您一直不听我劝把房子修好，一旦发生地震就太可怕，实在不敢住在您家里。’我真不是跟你开玩笑。稍微有点晃动，你家立刻就会倒塌。你父亲头也秃了，是个年老昏聩的老头子，没办法，舅母我虽然没什么姿色了，可还是珍惜生命的呀！”

佐伯听着这些出人意料的话，优柔寡断的脸上一个劲儿微笑着，他盯着舅母频频摇动团扇的、婴儿般肥嘟嘟的腕子，不知不觉中，自己也拿起舅母给的扇子开始摇动起来。

静下心来环视家中，暑热更增添了一分。为了利于通风，廊子全部敞开了。庭院里，高高挺立着的两三棵繁茂的枫树和青桐树遮蔽了日光，在那树荫地里，生长出茂盛的南天竹和映山红。八角金盘巨大的叶子随风轻轻摇动。由于深绿色反射的缘故，室内蒙上一层暗影，舅母红黑色、圆圆脸庞的半边，泛着青色的光亮。佐伯从明亮的户外突然被生拉硬扯，带到地窖般阴暗的地方，他低着头，眨巴着眼睛，厌恶地望着藏青色久留米絣的织布浸湿了汗水，两条细瘦的腕子被沾湿了，像个病人一般。等待精神稍许平静下来后，人力车上经受的炎热，如今一起散发出来，浑身皮肤热辣辣的，火红的面庞灼热得两眼昏花，脖颈边暗暗渗出了油汗。

只顾一个人滔滔不绝的舅母，忽然听见隔扇外有脚步声，她侧头喊道：“是阿照吗？”

没有回音。舅母沉思了一会儿，又道：“要是阿照，就进来打声招呼吧，小谦刚从名古屋过来呢。”话音未落，隔扇被拉开，表妹照子走了进来。

佐伯抬起沉重的脑袋，向传来衣服簌簌摩擦声的黑暗里间望去，看样子她刚刚回到家里，东京式的漂亮的束发，茶色格子花纹的浴衣外面套着艳丽的夏季绉纱外褂。这位高挑美丽的女子一出现，房间显得窄小了许多。照子向佐伯点点头，她拘谨而优美地弯着身子，就像都会里的少女向乡村的男子打招呼，带着些微的从容和傲气。

“怎么样了？赤坂那方面，你都办妥了？”

“哎，对方既然这么说了，看来就没事了。好在他们说一切都弄明白了，请务必不要担心。”

“就是说嘛。一定是这样。铃木要是不做那么愚蠢的事，原本就不会闹成这样。”

“话虽如此，但对方也有点儿过分了。”

“说的也是……双方半斤八两。”

母女俩就这样一问一答，说了好一会儿话。据说，这家学仆铃木有点儿愚笨，好像又做了什么傻事。本来也用不着这会儿说，舅母是想让外甥看一看自己女儿说话的方式和态度是多么聪慧。

“妈妈本来就不应该指派铃木做那件事的，现在生气也晚了。”照子说话的语气像个中年妇女，显得有些圆滑老练。她迎着庭院外射来的阳光，没有光泽的瓜子脸上散发着淡淡的香气。上次见面时，少女天真无邪的心智与她那壮硕的体格完全不相称，然而今天却没有那样的感觉。她虽然身材高大，却是肌肤丰艳，姿态艳丽。修长的手腕、脖颈和双腿描画出轻柔的曲线，光鲜照人的和服顺服地缠绕在女人身上，使她偏大的四肢都快活了起来。她沉重眼睑里的清澈大眼睛滴溜溜地转动着，整齐睫毛下的眸子闪烁着勾引男人的细长而阴险的光亮。在那阴暗而闷热的房间里，她厚实而高挺的鼻梁、如蛞蝓一般湿润的嘴唇、丰盈的面颊和黑发，清晰地浮动在佐伯的眼前，刺激着他病态的官能，使之变得亢奋起来。

过了二三十分钟光景，佐伯走上二楼，来到自己六叠大的房间里。等到帮忙拿行李的学仆铃木下楼后，他皱起八字眉，恍惚地凝视着房檐外烈日炎炎的天空。

将近正午的阳光涨满蓝色的天空，他放眼眺望栏杆外本乡小石川高台上的人、住家和森林，以及大地蒸腾的热气中朦胧的烟霭，电车、人声等各种噪音融合在一起，从远处传来嘎啦嘎啦的响声。佐伯想，无论逃向何处，夏季都如同纠缠不休的丑妇，他还得忍受半个多月的恐怖与痛苦。他在胸中描绘着照子那双鱼肉山芋饼模样的扁平足，仿佛觉得自己身处的房间位于十二层高塔的顶端。

佐伯来过东京两三回了，学校还没开学，什么地方也不想去，每天就躺卧在楼上，翻来覆去，嘴里叼着味道蹩脚的香烟。他吸了一根敷岛烟，口中干渴得难受，一直想吐。即便如此，他一点儿不在乎，歪斜着嘴唇，任凭大颗的眼泪滴落下来，依然倔强地吸着烟。

“啊，这么多烟蒂，表哥你一个劲儿抽得没完没了啊！”照子有时上楼来，望着烟具盒说。傍晚，照子沐浴完后，又穿着一身鲜丽的蓝花布和服浴衣上楼来了。

“脑子在散步的时候，是需要香烟支撑的。”佐伯哭丧着脸，说着令人费解的话。

“妈妈可担心你了，说是小谦抽那么多烟，脑子可别抽傻了啊！”

“反正脑子已经傻了。”

“可是却不见你喝酒嘛。”

“嗯……究竟如何呢……你可别告诉舅母，看看这个。”佐伯说着，从上了锁的书匣抽屉里，取出威士忌的瓶子来，“这是我的麻醉药。”

“治疗失眠症的话，安眠药比酒有效多了。我偷偷地服了好多呢。”

照子常常在这样的情形下，说上一两个小时的闲话后才下楼去。

暑热一天天减弱了，佐伯的头脑却一点也不见清醒。他的后脑疼痛得厉害，从颈项往上，像一块灼热的石头冒着火气，每天早上洗脸的时候，脱落的头发粘在他濡湿的脸颊上。他索性揪下头发，于是大把的头发跟着脱落了下来。佐伯的心头涌起了对脑溢血、心脏麻痹、发狂等各种各样的疾病的恐惧，激烈的心跳震撼全身，双手指尖颤动不止。

即使这样，从第一周早上开始，佐伯还是穿戴上崭新的制服制帽，振作起没有弹力的心，勉勉强强上学去了。三天过后，他立刻感到厌恶，没有任何兴趣。

世上的学生们如此你争我抢，挤在教室的座位上，接受毫无意义的授业，而且拼了命地记笔记。为了不错过老师的一言半语，他们快速地划动手中的笔尖，默默地如机器般动个不停。那一张张青白的脸孔，从早到晚，泛着悲哀的颜色，叫人目不忍睹。而他们却总是洋洋得意的样子，完全不觉得自己是多么寒碜、悲惨和不幸。老师站在台上，干咳一声：“……嗯，接着上堂课的内容……”他刚一开口，教室内黑压压的脑袋一齐低向书桌，拿着钢笔的几百只手指同时在笔记本上划动。老师的讲课跨越了学生们的心灵，直接从手指传到纸上，转变成那些歪歪斜斜、潦草粗鄙、奇奇怪怪的符号似的文字。只有手在不停地动着。宽敞的教室鸦雀无声，所有的脑髓尽皆死灭了，只有手还活着。手犯着可怕的傻气，盲目而慌乱地继续写字，墨水瓶里传来笔端不断撞击的笃笃声，还听见哗啦啦翻动书页的声响。

“快快变成疯子吧。只要是狂人谁都能成为胜者。可怜的同学们，一旦变成疯子，就不必如此受苦了。”佐伯听到某个地方有人暗地里恶言恶语，别人不知道，可是佐伯的耳朵确实听见了这个声音，胆小的他感到非常恐惧。

因为回去就要面对舅母，佐伯不得不花上半天时间待在图书馆，或在池塘周围闲逛。回到家后，他依旧伸展四肢平躺在楼上，胸中浮现出冈山艺妓、照子、死亡、性欲等种种繁杂而愚蠢的问题。佐伯躺在那里，偶尔竖起枕边的镜子，一边端详着自己肌理粗糙的皮肤、颧骨突出的眼睛和鼻子，一边推测着自己的命运。不由地，他一阵惊恐，立即拿出威士忌喝起来。

恶性病毒渐渐与酒精一起侵入了他的脑子和身体，佐伯本来打算一到东京就去找名医看病，但现在连打针和吃药的心思都没有了，他毫无精力去努力改变自己的健康状况。

“小谦，一起去看歌舞伎吧。”舅母经常在星期天邀请佐伯一道出游。

“多谢您的邀请，我一到人多的地方，就会变得恐惧不安……我的脑子确实不太好啊。”佐伯说着，抱着头，显出一副愁苦的模样。

“这又何苦呢？真没出息。我以为你会去，特意选在星期天，不管怎么样去吧。去看看吧。”

“他说了不去，妈妈不能勉强的。您只顾自己自在，一点儿也不理解别人的心情。”照子在一旁泼冷水。

“不过，他也真够奇怪的。”舅母望着逃向二楼的佐伯的背影说道。

接着，她又转向照子：“又不是猫抓老鼠，怎么会那般胆小呢？太可笑了。”

“人心各有所感，是没有道理可讲的。”

“听说他在冈山放荡惯了，人也变得老气横秋了。虽说那是年轻学生的癖好，但看来他还丝毫不懂世故啊。”

“小谦和我，在学生时代还都是孩子嘛。”照子说着，眼中闪烁着嘲讽的、对人不善的眼神。随后，母女二人让学仆铃木守在家中，由女佣阿雪陪着出门去了。

铃木每天早上和佐伯在同一时间里，书包上挂着便当，去神田边的私立大学上课。他待在家里时，总是躲在大门边四叠半大的房间里，孜孜不倦地用功读书。铃木少言寡语，成日里锁着眉、沉着脸，他每天早晚烧洗澡水，打扫庭院，干活时一副慢吞吞的样子。铃木由于智力稍低，平日里考虑事情不得要领，一旦遭到舅母或阿雪叱骂，那张表情迟钝的脸孔便胀鼓鼓的，带着深深的疑惑，翻动着白眼珠子，看得出他的确在生气。一个人自言自语，忿忿不平。

“一看见铃木，就觉得家里好像有个妖怪。”舅母说的话也不过分。铃木脑袋蠢笨，却有着异常阴险的一面，有些地方让人难以捉摸。不过，他小时候曾经是个了了的聪明孩子，叔父生前对他抱有很大希望，把他留在身边，想等他长大有出息了，让他成为照子的丈夫。这个不小心透露出的想法从此深深在铃木心里扎下了根。他努力学习，勤勤恳恳，却在这一过程中变成了傻子。如今照子不管说什么，铃木都心平气和地听着。佐伯想，铃木这家伙一定是迷恋照子，一味执着于自慰而堕落成蠢货。不光是铃木，自己接触照子之后，增加了许多精神上的烦恼，似乎也成了一个弱智。事实上，佐伯和那个女人说完话后，全身疲惫不堪。那个女人似乎有着让男人挠破头皮的压力……佐伯这么想。

咯吱，咯吱，楼梯上响起沉重的足音，一天晚上，铃木上二楼来了。这是一个九月末的秋夜，蟋蟀在唧唧鸣叫。舅母带着女人们出门去了，静悄悄的楼下，听得见挂钟的秒针滴答滴答的声响。

“你正在用功吗？”铃木一动不动地站着，边问边四下打量着房间。

“没有啊。”佐伯端正坐姿，惊讶地望着铃木的神情。这个从来很少和自己打招呼、沉默寡言的男人，因为何事，难得要到楼上来呢？……

“夜变得好长啊。”铃木嘴里不停咕哝着什么，声音暧昧模糊，进而低下头去。他那抹着厚厚头油的头发，在电灯下闪闪发亮。他不停颤抖的、结实而黝黑的生姜根般的指尖，默然在膝头上敲打着拍子。铃木是否想趁房东不在家，与佐伯商量事情呢，可他又迟迟不开口。异常严肃的气氛给佐伯施加了压力，他开始有些烦躁不安起来。到底要说什么呢？看那扭扭捏捏的样子，也不知什么时候才会开口。“如果有话就快点说吧……”佐伯心里犯着嘀咕。

然而，铃木就是不开口，他盯着榻榻米上的花纹，上身下意识地不停抖动，摆出一副“你只管在那儿看你的书，我自行方便坐在这儿就好”的态度……夜，静极了。木屐清脆的跫音悄然传来，远处本乡大道上，电车碾轧轨道发出隆隆的轰鸣，犹如钟声的余韵殷殷回荡。

“很抱歉，突然打扰，我想问你一点儿事情……”铃木终于开口说话了，仍旧目不转睛地盯着榻榻米，不停抖动着身子，“……没有别的事，是关于照子的。”

“不管什么，快说出来听听。”佐伯故意装得满不在乎，带着稍稍高亢的调子，那声音仿佛是从唾液堵塞的喉咙口挤压出来的。

“我想问的是你住在这里，到底与他们是什么关系？”

“你问什么关系，我和这家人是亲戚关系。学校又近，住这儿很方便。”

“只是这个理由吗？你和照子之间，没有别的关系吗？比如双方父母为你们定下婚约什么的。”

“我们没有这样的约定。”

“真是这样吗？请你说实话吧。”铃木带着怀疑的眼神，呲着凌乱的牙，咧着嘴阴阴地发笑。

“没有，完全没有。”

“即便如此，今后你如果有这个意愿，还是会结婚的……”

“我如果想，舅母可能会同意，可是照子本人不一定愿意呀。再说我暂时还不想结婚。”佐伯说着，渐渐感到心烦意乱，对方的愚痴似乎移转到自己身上来了。他胸口一阵恶心，很想大声怒叱，然而还是静下心来忍住了。铃木那愚钝的脑子展露无遗，这一点使得佐伯多少感到痛快。

“结婚无关紧要，重要的是你喜欢照子。你不可能讨厌她的，这个我看得出来。”

“我是不讨厌她。”

“不，你是喜欢她，爱上她了吧？这就是我想问你的。”铃木斜着眼睛监视佐伯的一举一动，他不怀好意，板着脸，眨巴着眼皮，似乎非得让对方说出自己想象的事才肯善罢甘休。

“谈恋爱，这种事绝对没有。”佐伯在为自己辩解的过程中，不知不觉，突然气愤起来，“唠唠叨叨，刨根问底，你到底想干什么？恋不恋爱这是我自己的事，你还是适可而止，少管闲事。”

佐伯说话时，心脏剧烈地跳动，他感到血流猛地直冲脑门。佐伯反抗式的怒斥冷不防迎面袭来，铃木肿胀的脸盘上险恶的表情渐渐崩溃，进而变得痛苦不堪，呈现出一副令人毛发悚然的笑颜。

“你不必发这么大的火。我来只是想给你忠告。照子可不是个寻常女子。平时装得像只猫儿，而心里一味想着如何要弄男人。我来告诉你个大秘密……”铃木压低声音，靠近前来，用寻求同感的口吻说道，“你也许猜到了，她已经不是处女了。好像跟很多男学生有过肉体关系呢。首先，她以前就曾和我有过肉体关系。”

说完，铃木等待对方的反应，可佐伯什么也没说，铃木接着道：“不过她的确是个美人儿。为了那个女人，我宁可不要性命。照子父亲活着的时候，确实说过要把照子嫁给我。虽然这是事实，可是现在，她母亲似乎改变了主意，所以刚刚我向你打听那件事。——归根结底她母亲也有错。父亲明明定好婚约，现在却要变卦，真是太不讲道理了。今后如果她有这样的打算，我也要有个精神准备才好。因此，我比照子的母亲更了解照子的想法。那个女人非常冷酷，她有心戏弄男人，却根本不会主动爱上他们。所以，只要锲而不舍地追求她，她坚持不住了，最终还是会答应结婚的。”

为着同一件事，铃木断断续续、反反复复发牢骚，真不知什么时候才能完结。这时，突然听见外面的障子门哗啦一声打开了，传来三人的脚步声。

“今天说的话请你务必保密。”铃木丢下这句话，急忙下楼去了。

差不多快十一点了吧，其后又过了一个小时，大家静静入睡了。

“小谦，还没休息吗？”舅母穿着法兰绒睡衣，外边套一件外褂，上楼来了。

“刚才铃木来过了？”她说着，在佐伯靠着的桌子一角坐下来，一只手托腮，又用另一只手从怀里取出烟丝袋，露出多少有些担心的表情。

“是的，他来过。”

“果真如此。怪不得回来时，看他那下楼的样子好生奇怪，照子才叫我来问问的。一个很少同你打招呼的人，不是挺可笑的吗？他到底说了什么呀？”

“尽说些愚昧的话，一个人不停地说，真是个蠢蛋。”佐伯难得带着愉快的声调，快人快语地叙述道。

“该不是又来说我的坏话吧。他到处告诉别人一些不着边际的事，实在让人头痛。那个小子虽说是个蠢货，却挺会玩弄小权术的。——他一定提起过你和照子的事吧？”

“是的。”

“要是这样，即使不问，我也知道个大概。一旦有年轻男子和照子认识，铃木马上就去打听。这是他的癖好，你可别见怪啊。”

“我无所谓。不过他的行为一定让舅母很为难吧？”

“为难也没办法，什么也……”舅母皱起眉头，啪的一声将烟管向烟灰筒上一磕，接着说道，“为了那小子，我经常做噩梦。你舅父死后，我曾经解雇了他，那个时候，他怨恨我们，每天怀里揣着刀，在房子周围转来转去，弄得无人不晓，好像我们对他做了什么亏心事情，真是丢了大面子啦。如果不把他招进家来，免不了他会放火，所以只好又让他回来了。照子说铃木胆小，只能玩些小伎俩吓唬人。我可不这么想，那号人，早晚会成为杀人犯的……”

佐伯突然想象着舅母后颈的头发被猛地一把抓住的情景。她那包裹在法兰绒布里的胖墩墩的身体被残忍而猛烈地掼倒在地上，满身血污，发出尖利的悲鸣。胸口处如大象耳朵一般无力下垂的乳房上，扑哧一声扎进了一把利刃，那将是个什么样的景象呢？丑陋的肥臀微微颤动，大萝卜似的手脚奋力挣扎。她趴在地上，痛苦地呻吟、抽搐，嵌在若有所思的表情中央的眉头出现了裂痕，正如一口气煮干了的牛肉火锅，断了气的情形到底是怎样的呢？……

当的一声，楼下的大钟敲响了零时三十分。四周夜阑人静，寒气刺骨。舅母滔滔不绝，沉浸在自己的世界里，频繁地用烟袋锅拨弄烟具盒里的烟灰。烟灰堆积的小山倒塌了，变成各种形状，时时看见火灰微微闪着荧光，然而那火星儿是很难再燃着烟丝了。

"……所以我很担心。照子迟早也是要结婚的，到了那时候，还不知那个蠢货会做出什么样的事来呢。一想到这我就……"

不知不觉，烟丝又点燃了。舅母说着话，鼻孔喷出滚滚白色块状的烟雾，在两个人之间缭绕，然后渐渐蔓延开去。

"再说，一提到婚事，照子就不高兴，我也非常苦恼。小谦也帮着说说看。我是个慢性子的人，那孩子更是慢性子。都到二十四岁了，到底打算怎么办呢？"舅母不像平时那么精神好，一脸灰心丧气的样子，她不停地发着牢骚。到了敲响十二点的时候，她结束了谈话："就是这么回事，不管铃木说什么也别相信他。要是和那家伙扯上了关系，最终你也会遭忌恨的……已经很晚了，小谦也快点儿休息吧。”说完，舅母下楼去了。

第二天早晨，佐伯在洗澡间里洗脸，这时，在院子里赤脚扫地的铃木，从浴槽旁的小木门慢吞吞地挪进来。

“早安！”佐伯稍稍一惊，格外讨好地打了声招呼。可对方好像很生气的样子，绷着脸久久不回应。

“你因为昨晚的事，被说教了一通吧。——你可别装傻。我回来后一直睡不着觉，去打听了一下。女主人确实上了二楼，和你谈到十二点多。我们已经是敌人了，今后我不会再理睬你，你也不必和我说话，就这样吧。”说完，铃木愤然离开洗澡间，又开始扫起院子来，一脸若无其事的样子。

“恶魔终于附在自己的身上了。”佐伯在心里犯着嘀咕。铃木那家伙把热心对待自己的人都当作敌人，伺机报复。说不定有一天自己也会被他杀死。自己尽心为对方利益着想，尽量避开照子，可越是诚诚恳恳越是招来铃木的怨恨，临了还要死在他手里。佐伯的思想游走于反复揣摩会不会被杀死的挣扎中，在这期间，他不知不觉爱上了照子。难道自己终究逃不脱被杀的命运吗？……

铃木还在扫院子。他结实而带着蛮劲的手握着扫帚，衣襟撩起来掖在腰里。自己若是被那身体压在下面，一定动弹不得。——种种杂乱而无法抑制的恐怖感交织在一起，搅乱了佐伯的头脑。

到了十月中旬，学校的课结束了一大半，可是佐伯的学习笔记还是薄薄的一本。他变得越来越厚脸皮了，说什么“根本不用每天都来上课”，“今天身体不太好”。他不到三天就要缺席一次，早上很晚起床，一有空闲就躲在被子里，如饥渴的野兽般圆睁着双眼凝视天花板，朦朦胧胧地思考各种问题。他感到大脑里涌流的血液，在枕边一阵阵地鼓动，眼前无数的泡泡闪烁不定，耳鸣加剧，全身的关节散了架似的倦怠无力。这样的日子一直持续着。哪怕只是打个盹儿，也是做着无数可怕的、官能的、奇怪荒诞的梦，醒来之后，仍然存留于感觉之中。天气好的日子里，看着南边窗外那恼人的澄澈的蓝天，窥视着自己污浊的头脑，他就再也没有放荡的心情了。如此羸弱的身体，要是承受两天强烈、刺激而又糜烂的欢愉，一定会丧命的。

照子一天之中，上楼来了好几次。身子如此硕大的女人的扁平足，咯吱咯吱走过佐伯睡的枕头边时，他感到自己的身体仿佛被她踩在了脚下。

“我每次上楼梯时，铃木总是一副奇怪的眼神，我非得捉弄他一下不可。”说着，照子在佐伯的近前坐下。

“这两三天患感冒了。”她从衣袖里抽出手帕，不断擤起鼻涕来。

“这样的女人，一旦感冒，反而显得更吸引人了。”佐伯这么一想，用手摸照子的额头，抬眼看着她的鼻子和眼睛。她稍显修长而圆润的脸庞，犹如被吃剩下的食物一般脏污，溃烂的嘴唇又红又湿。佐伯忍耐着从头顶降落下来的微温的活力和底气十足的气息，恰到好处地应和着对方：“嗯，嗯。”他阴沉的目光注视着照子胸脯上系着的又厚又宽的腰带，它随着每一轮呼吸微微颤动。

“小表哥——自从你被铃木抓到后，每次我来你的气色都很不好。”照子说着弯腰坐下，又重新调整一下姿势。也许是因为不能沐浴吧，她伸在膝上的两手手指稍稍发黑。佐伯觉得那面积宽大的手掌，随时有可能反复抚摸自己的脸颊。

“我总感到自己会被他杀掉。”

“为什么呢？你曾经受过这样的威胁吗？他没有理由恨你呀。”

“的确没什么理由。”佐伯慌忙想掩饰自己的窘态，他避开照子的目光，继续说道，“可是那小子无理取闹，随意发起怒来是无法承受的。——弄不好会被他杀死。”

“放心吧，他不是个能干出那种事的干脆麻利的人。——再说，要是想对谁动手，首先是我母亲。他是不可能杀我的。”

“那小子可说不准呢，不是说爱得越深恨得越深吗？”

“不会，他不会杀我。以前把他赶出去的时候，他只威胁过母亲。我白天晚上出门去，也从未见他靠近过我……”照子悄悄地向前探着身子，似乎想盖住他，“所以说小表哥你是不可能被杀的。不管你们之间有什么事发生……”

佐伯突然眼神惊恐，仿佛被什么人吓到了，他用焦躁的口吻冷冷说道：“阿照，我头痛，今天先说到这里吧。”

照子离开不久，女佣阿雪又上楼来，轻手轻脚在屋内翻找什么东西。

“小姐好像把手帕忘在这儿了，您看到了吗？她说手帕用来擦鼻涕，脏得很，叫我拿回去……”

“要是忘在这儿，就只会在那边了。我没看到呀。”佐伯冷淡地回应了一句，翻过身去又睡了。阿雪找了一会儿，没找到便下楼去了。这时候，佐伯又慢腾腾地坐起身，一边望着楼梯，一边胆小地缩着肩膀，从被子下边拽出手帕来，用食指和拇指夹着拎到眼前。

叠成四折的手帕，宛如乌黑的板子，湿乎乎粘在一起，掀开一角，散发出鼻炎特有的臭气。佐伯将这浸透了鼻涕、皱巴巴凉冰冰的湿布夹在两手间黏滑地揉搓着，时而啪地拍打在脸颊上。最后，他皱起双眉，狗一般用舌头舔舐起来。

……这是鼻涕的味道。舔着熏人的腥臭，舌尖残留的尽是淡淡的咸味。然而，不可思议的是，自己竟然能够想出这样一桩辛辣、怪诞而不乏有趣的事来。人间欢乐世界的背后，潜伏着如此秘密而又奇妙的乐园……他将储留在口中的唾液毫不犹豫地使劲咽了下去。一种抓痒的快感，如香烟的芳薰浸润脑浆，被心惊胆战的恐怖不断追逼，坠入精神崩溃的谷底。佐伯上了瘾似的拼命舔舐。

过了两三分钟后，他又将手帕再次塞进被子里面，抱着头晕目眩的脑袋，沉湎于抑郁而幽暗的思绪中。自己渐渐被照子蹂躏，那个身体如蜥蜴般细长、颤颤巍巍的女人，和铃木一道，犹如一团黑云笼罩在自己命运的上空。

第二天，佐伯一起床就将手帕藏进外套的里兜内，鬼鬼祟祟地故意躲开铃木，来到学校。他进了厕所，将门牢牢插上，悄悄展开手帕，好似躲在水边杂草丛里的野兽吞食人肉般，津津有味地品咂起来。终于，佐伯陷于一种难以名状的、卑俗而不快的诅咒之中，他脸色铁青，六神无主地回到家中。这时，手帕已经干透了，硬邦邦地泛着黄色，不留一点鼻水和污秽。

"还是投降吧。"佐伯心里嘀咕着。照子依旧上楼来，不间断地刺激佐伯的神经。她那银针般的眼眸，漾起妩媚而冷峭的微笑，一步步进逼而来，佐伯以为手帕一事被照子看穿了，他虽想躲避，可又被照子尽情耍弄，苦恼非常。在照子那副柔软硕大、四肢发达的滑腻肉体之下，他的灵魂被彻底碾碎了。佐伯挣扎，焦躁，却无法逃脱重重痛苦的折磨，他带着哀求的目光，忍不住想大叫一声："照子，你这个淫妇！"

这时，佐伯又倔强地自嘲道："她无论怎么诱惑我，我也绝不投降。我有着她们母女，还有铃木都不知道的秘密的乐园。"

说罢，他苦笑了。

恐　怖

我染上那种病，好像是六月初住在木屋町、每晚喝酒熬夜的那段时间。——不过在那之前，记得住在东京的时候，我不止一次戒酒，用冷水擦身，还服用过健脑丸，好容易才恢复健康。来到京都后，由于再次过上了从前那种没有规律的生活，不知不觉老毛病又犯了。

据朋友 N 所说，我的这种病——如今想起来令人既厌恶又不快——这种可恨而荒唐的病症，是被称作“铁道病”（Eisenbahnkrankheit）的一种精神疾患。虽说铁道病，但我所染上的这一种，与世上妇女们常见的晕船和晕车完全不同，使我倍感苦恼和恐怖。一旦乘上火车，汽笛鸣响，车轮咣当一声慢慢滑动起来的时候，弥漫于我全身的血管的跳动，简直就像烈酒中毒一样，一下子冲上脑门，我的皮肤上渗出豆粒大的冷汗，手脚冰凉，寒战不止。如果不及时急救，我全身的血液就会从脖子向上，充满那狭小而坚硬的圆形部分——脑髓，使它犹如充满空气而变得胀鼓鼓的气球，说不定什么时候头盖骨就会破裂。纵然如此，火车却一向心平气和、生龙活虎，勇往直前地奔驰在铁道之上。——火车喷吐着火山爆发般的煤烟，发出冷酷而豪壮的轰鸣，仿佛在诉说着一个人的生命不值一提。它穿过漆黑的隧道，通过长长的、艰险的铁桥，越过河川，跨过旷野，绕过丛林，毫不犹豫、一刻不停地向前奔驰。列车上的乘客们十分悠闲，有的读报，有的吐着烟圈儿，有的打着盹儿，还有的带着好奇的目光眺望着窗外令人眼花缭乱、一闪而过的美景。

“谁来救救我呀！我现在脑溢血，快要死了。”我脸色青白，呼吸急促，犹如临终前的病人，在心中呐喊。我冲向厕所，用冷水浇头，紧紧抓住窗框，捶胸顿足，疯狂地垂死挣扎。

我想尽一切办法，巴望及早逃离火车。我的拳头砸在车厢墙壁上，砸出了血也全然不知，就像关在牢里的罪犯般喧闹不止。我差一点儿就要打开行驶中的列车车门跳下去，有时又伸手想按响紧急报警器。尽管如此，我还是坚持忍耐到了下一个车站。我带着一副既可怜又悲惨的模样，狼狈不堪地从站台走向检票口。不可思议的是，只要下了火车，我的心跳就立即平稳下来，不安的影子一片片剥落尽净。

我的这种病，不只是乘火车时才犯。在电车、汽车、剧场——所有这些场所中，一旦遭遇到足够威胁我那敏感神经的强烈的运动、色彩或杂沓的人群，我就随时都可能发作。然而，假如是电车或者剧场，一旦感到恐惧我就可以马上逃离，在这点上它们不会像列车那样把我推入疯狂的境界。

我发觉那病在不知不觉中重新回归我的身体，是六月初摇摇晃晃坐在京都市街的电车里的时候。我坚决放弃乘坐火车的念头，下决心在疾病自然好转之前不回东京。而且，就连夏天不得不接受的征兵体检，也打算选在无须坐火车的京都附近。

不巧的是，经查询之后我才发现，京都附近的检查点都结束了。经过住友银行一位朋友O君的努力斡旋，我找到了一个在阪神电车沿路上的渔村，只要提前两三天把户口转到那里，就可以接受体检了。我记住了那村子的检查日期是六月中旬。

令我欣喜的是，要是在兵库县内，不用坐火车，只需坐电车就能到，比回原籍东京方便多了。六月十二日中午，我揣着日本桥区政府寄来的户籍誊本和注册印章，前往五条车站。

这天，盛夏的阳光毒花花地映射在干燥而布满尘埃的京都街道的地面上。晴朗的天空清澄明净，一派湛蓝。我穿着丝织单衣，外边套着罗纱外褂，坐上人力车前往车站。途中，从长长头发的鬓角处，血一般黏稠的热汗顺着我的脸颊流淌下来，渗进衣襟。从五条桥远远眺望爱宕山，游云犹如从熔炉炉底升腾而起的热气，迷迷蒙蒙在山麓浮动。远处的原野和树林笼罩在雾霭之中，模糊不清；近处各地街道的屋顶、石墙和加茂川的河水被鲜明而强烈的色彩所浸染，恰似喷上鲜亮的油漆，直刺我的双眼，令人无法直视。车子停在售票处前，我正想下车时，和服下摆粘住了满是汗水的两腿，我的脚被绊了一下，差点儿摔倒了。

“要是电车就没问题………”我坚信着，努力强迫自己要将神经安定下来，再也无法忍受这暑热的恫吓了。虽然买好了去天满桥的车票，但我还是打算休息七八分钟，等待神经镇静下来。于是，我无力地坐在长椅上，像乞丐一般，呆呆地望着大道。

那电车比市街的电车更加坚固，好似漆黑而厚重的野兽笼子，一趟又一趟，一边呜呜地高声长鸣，一边从大阪方向飞驰而来，吐出满车厢的乘客，又载上大批的乘客，再次返回大阪。一次又一次，每隔两三分钟就有一趟列车出发。我鼓足勇气站起来很多次，可是一到检票口，仿佛受到可怕命运的诅咒，我两脚绵软，心跳加剧，不得不又蹒跚回到原来的长椅上。

“先生，坐我车吗？”

“说什么呢。我在等人，去大阪。”

打发了车夫，我依然久久地坐在长椅上。我回绝车夫的话是“去大阪”，但自己听起来仿佛说的是“快死了”。正如《罪与罚》里的斯维德里盖洛夫，在高喊“如果有人问你，就说我已经去美国了”之后，拿手枪对准太阳穴自杀一样，我说完“我去大阪”，就立即当场翻着白眼气绝身亡的话，那位车夫指不定如何惊慌失措呢。

看看钟表，已经一点了。不知道村政府的办公时间是到三点还是四点，无论如何，我今天不办完手续是不能接受体检的，也辜负了友人为我四处奔走的一番热心。我忽然想到一个办法，便到附近的洋酒店买了一瓶便携式苏格兰威士忌，靠在长椅上咕嘟咕嘟大口喝起来。

凭我以往的经验，我一味坚信，要是能借助酒力使神经一时麻痹，恐惧的心情就会基本消除。我盘算着在喝得酩酊大醉的时候，昏昏然乘上电车，一路上迷迷糊糊，定能平安到达大阪。

极不自然地强制摄入的酒精渐次浸润了我肥胖的肉体。我一动不动，安静地坐在那儿，癫狂的酩酊充分腐蚀着我的灵魂，我清清楚楚地感到各个器官已经被麻痹了。我强睁着慵懒的眼睛，凝视着眼前喧闹而充满欢乐的道路上，种种杂沓的音响和晃动的光线。

五条桥畔，来往于东西的行人们的脸上，布满密密的汗珠，火辣辣的，犹如手捏的糖人儿就要溶化掉。穿着各种诸如罗绉纱、明石绉纱等薄衣衫的年轻貌美的女人们，如肥嘟嘟的肉块，郁郁不乐地一齐向这酷热的暑天发牢骚，看上去仿佛肥猪的身体般懒散无力。汗……无数人的汗水，不断蒸发，散入闷热的空气中，在那片天空下飘浮，黏糊糊地粘附在各处的墙壁或木板上。“城市中荡漾着汗的雾霭。”——好像有过一位颓废派诗人这样唱道……

街道上的光景犹如电影银幕起了褶皱，歪斜了，凹陷了，模模糊糊变成了重影，进入我的视线。“我已经醉得不省人事了。”这就是我变得坚强和胆大的唯一借口。

我下决心乘电车，买了一瓶威士忌以防途中清醒过来。然后我又买了碎冰块，用手帕反复包好，以备在万万分之一的可能性中，当恐怖来袭时，好让脑袋冷静下来。

我带着行李，在上下车人群的拥挤之中，好容易被推到了检票口。检过车票，就在到达站台上的瞬间，我再次发觉被诅咒的命运正埋伏在那里等待自己。呜呜呜，电车发出惊天动地的喘息，傲然地做好了出发的准备。我窥视着车厢基座，酒精带来的醉意胡乱践踏着我的神经，我银针般敏锐的脑袋颤抖着。同时，一种强烈的恐怖充满全身，猛烈地撕裂了我的灵魂，就要将我推向疯狂而猝死的谷底。我不由猛地跳起来。

“喂，喂，我已经检过票了，不过还在等一个人，待会儿再上车。”我向列车员解释后，将包好的冰块贴在额头上，使足了劲儿，就像被恶魔追赶一样，逆着人流，仓皇失措地逃到站外。终于我又瘫倒在长椅上，歇下来抚摸抚摸胸口。或许有人正在背后指着我，哈哈嗤笑我那副样子吧？……

“本不该如此。既然一旦喝醉，就能遮盖神经之眼，稀里糊涂应付过去，那么今天到底又是怎么回事呢？难道说自己的神经达到了病态的兴奋，连酒力也无法使之麻痹了吗？”

已经两点了。再一分一分地磨蹭下去，别说三点，或许到四点，也到不了目的地。如果错过了这次机会，就不得不在原籍地体检日之前赶回东京。

“我坐火车，不是发狂，就是猝死，因而体检之前无法去东京了。”基于这一理由，如果我给区政府的军事管理处写信，又会怎么样呢？他们是否会回答“不论死还是发疯，都得回来做体检”呢？要是这样，也只能强逼着自己乘火车，哪怕发狂也必须返回东京。

真想在体检当天，当着他们的面大声哭诉：“瞧，你们的无理要求！逼得我发疯。不是骗你们，我是真的疯啦！”

在场的军医会说些什么呢？

“哎呀，您回来啦。到了这步田地，人都疯了，还如此守信、忠诚，真令人感动。”他们会这样冷言冷语讽刺我吗？

我一边继续喝着威士忌，一边拉动着愚蠢的联想的绳索，各种荒唐无稽的想法浮现于脑际。我独自窃笑，时而发怒，时而焦躁，时而懊恼不已。

实际上，仔细一想，要么死，要么发疯，要么暂时不回东京，除了这三条路，我没有其他选择了。如果怕死，又怕发疯，那就只有排除万难，毫不犹豫马上出发去大阪。不过，如果未到大阪，就晕倒在电车里的话……

“啊！”

我深深叹了口气，狠狠地斜睨着电车的背影，从长椅上站起来。干脆先去先斗町玩乐一番呢，还是暂时守在原地，等待心情平静下来再说呢？等到日暮天晚，夜阑更深，孤零零蹲坐在那里，直到末班车发出，希望落空，然后徒然一人返回屋町，要是那样做，我反而能彻底断念吧。

“喂，T 君，你去哪里呀？”有人向我打招呼。

我回过头一看，是朋友 K 氏，他有着一副长长的清秀的面孔，五官端正，美丽的头发在额前整齐地向两边分开，巴拿马帽轻轻扣在后脑勺上，穿着白色布袜，趿着竹皮凉鞋，一身轻快的装扮。我好像犯了什么罪被人看见似的，吃了一惊，吞吞吐吐带着敷衍的微笑说道：“去大阪……”

“哦，就是你上次说的征兵的事吧？……”K 氏立即领会了意思，又说道，“我今天正巧也有事，要去伏见，真巧呀。就让我陪你一段路程吧。”

“好啊。”

“我来给你介绍一下。这是我的朋友 A 君……”K 氏说着，便滔滔不绝地介绍起自己身边的这个男人——肤白，微胖，留着八字胡，一位年龄看上去大约三十二三岁的可爱医生。

“啊，我们上车吧，你先请。”

“嗯，谢谢。”我照旧是暧昧地应承着，直到他们再三敦请，我才懒洋洋拖着身子，朝那恐怖而庞大的电车靠近。

“请吧，请先上车吧。”K 氏说了很多遍，两手也似乎在推我的腰部。

“那我就不客气了。”我毅然地闭上眼睛，独自跨过车门。进入车厢里后，我立即拽住吊环，向嘴里灌威士忌（比起坐在位子上，当双手拉住吊环时，仿佛更能够体味掌握命运的手究竟可以握得多紧）。

“酒瘾真大啊，看来你很能喝酒。”A君说道。

“哪里呀，我讨厌坐电车，不喝醉酒心里就难以忍受，这是不得已的事。”面对医生说出这样的话，听起来是毫无道理的辩解。

随着汽笛一声鸣响，电车终于发车了。

“自己就快进入死亡之门了。”我心中暗暗思忖。此时此刻的心境无异于被送上断头台的死刑囚。

“A君，你看T君的体检能过关吗？”K氏提了这么个问题。

“这个嘛，看来不用担心。毕竟你有着一副壮实而健硕的体格呀。”

左右两边车窗外，京都市街的景色已经闪过。郊外的绿叶、树木、道路还有丘陵，不断飞逝而去。那时我心中总算萌发出一种安然的情绪，或许可以平安无事地抵达大阪了。

秘　密

那时候，我受某种情绪的纷扰，想远离当时身边喧闹的环境，从以往各种交际形成的男女圈子内偷偷地逃离出来。我四处寻找适合藏身的地方，最终找到浅草松叶町边的真言宗寺，租了一间房子住了下来。

来到新堀河岸，从菊屋桥径直走向寺院后门，十二阶下面，嘈杂晦暗的市街里矗立着那座寺庙。对面一大片贫民窟仿佛是打翻了的装满垃圾的箱子，一侧绵延着长长的橙黄色土墙，给人以沉闷而厚重的寂寥之感。

起初我想，与其隐遁于涩谷、大久保等郊外，不如选择市内人烟稀少、异常萧条冷落的地方居住为宜。宛如湍急的河川在各处都有一些水流停滞的深渊，那些夹杂于闹市熙熙攘攘的小巷之间的闲静角落，除非特殊的情况、特殊的人物，一般很少有人经过。

同时，我又想到了如下一些事情——

我很喜欢旅行，曾去过京都、仙台、北海道和九州。而东京这座城市，自从我出生在人形町，到现在生活了二十年，肯定有一些地方是我未曾踏足过的。不，这样的地方肯定比我想象的多得多。

身处大都会闹市，无数蜂巢般交错的大小街道当中，去过与没去过的地方，孰多孰少，我也无从判断。

记得大约十一二岁时，时常和父亲一起去参拜深川的八幡神社。“过了河，到了东木的米市，我买一碗有名的荞麦面条给你吃。”父亲一边对我说，一边把我领向院内大殿的后方。那里的河川与小网町以及小舟町边的风格迥异，河道狭窄，河岸偏低，涨满水的小河浑浊而忧郁地向两岸密集的人家流去，似乎要从房屋之间冲开一条水路，将一户户屋檐分开。那些货船和木船比河道还宽，好几艘纵向排列在一起，小小的渡船从缝隙里穿过，只要撑两三下篙，就能冲开水底，悠悠往来。

在那之前，我常常去参拜八幡神社，可是从来没有想过去神社后院看看到底是什么样子。祭祀的时候，也总是从正门的牌楼面向神殿，自然想到那里或许就像立体全景画，只有表没有里，心想，就是道路尽头的一番景色吧？

而此刻眼前所看到的是谜一般的画面，如此的河川和渡口，前头连接着无边无际的大地，似乎比京都和大阪同东京的差异更加悬殊，仿佛是在梦中屡屡出现的某个世界。

从那以后，我开始想象浅草观音堂的后面是条什么样的街道，脑子里描绘的尽是从商店街远望宏大的朱漆殿堂的屋脊的景象，再不会想到其他。渐渐地长大成人后，随着视野的开阔，如今去朋友家拜访，或是游山赏景，已走遍了东京的各个角落，但也常常像孩童时代一样，突然撞进一个不可思议的奇妙的世界。

我想，这样的别样世界，才是最适当的藏身之处，找来找去，发现越来越多迄今没有到过的地方。我虽然曾经好几次来往于浅草桥与和泉桥，可是从来没有走过两者之间的左卫门桥。前往二长町的市村座[1]时，我总是沿电车道走到荞麦面馆拐角向右转，而那个剧场门前直通柳盛座方向的两三条街，记忆中一次也不曾踏足。往昔的永代桥右岸河畔至左边的河岸究竟是什么样子，我也不很清楚。此外，八丁堀、越前堀、三味线堀、山谷堀附近，还有很多地方不知道。

---

1 歌舞伎剧场的名字。

松叶町寺庙一带，是其中最奇妙的街衢。这里的六区和吉原近在咫尺，拐过一条横巷，有一处荒凉的废弃街区，颇使我称心如意。我将迄今仅有的一位好友所说的“既豪华、奢侈而又平凡的东京”置于不顾，暗暗藏身于此，悄悄窥视着眼前的喧骚，感到非常愉快。

隐遁的目的不是为了好好学习。那时我的神经如刀口磨损的锉刀一般，锐敏的棱角完全钝化，除非看见色彩极端浓艳的物体，否则心中无法泛起些微的感觉。我对于那些必须具有纤细感受性的一流艺术、一流料理，都无心玩味。站在被称为“闹市中的精华”的茶屋[1]招牌前，我颇感兴趣地观望，赞美仁左卫门和雁治郎[2]的技艺，全盘接受市井世俗的欢愉，所有这些迫使我的心灵深陷颓唐的境地。出于惯性，我每天重复着懒惰的生活，忍受不住了，便想找出一种完全摆脱旧式的、新奇的、人造的、来源于生命的物事。

有没有能使得习惯于普通刺激的神经振奋起来的、神奇而不可思议的奇异事情呢？是否可以栖息在一种远离现实、野蛮荒唐、如梦似幻的空气中呢？这么想着，我的灵魂时而游走于巴比伦和亚述古代传说中的遥远世界，时而

1 茶馆，旧时多属饮酒狎妓之地。

2 歌舞伎演员世代传承的家族名。

想象着柯南·道尔和泪香[1]所写的侦探小说，时而眷恋光线炽烈的热带地域的焦土和绿野，时而憧憬淘气的少年时代玩过的非同寻常的恶作剧。

从喧闹的世间悄然隐藏自己，虽然只是一味将行动看作秘密，但毕竟赋予了自己的生活神秘而浪漫的色彩。打从孩提时代起，我就深切地品尝到所谓秘密的妙味。捉迷藏、寻宝、玩茶坊主游戏——特别是在漆黑的夜晚，薄暗的储藏室或双扇门屋前，玩耍时的乐趣主要来自于其间称为“秘密”的微妙心情。

我想再次体验幼年捉迷藏时的心情，于是故意藏身在容易被忽略的闹市区里一个隐蔽的地方。那间寺庙是与“秘密”“符咒”“诅咒”有深厚缘分的真言宗，这一点诱发了我的好奇心，恰到好处地滋育了我的妄想。这间朝南的八叠大的屋子，是新建僧房的一部分，被阳光晒得微微发黄的铺席，却能使眼睛感受到温暖和祥和。午后，秋日和暖的阳光犹如一盏幻灯，火一般照射着廊上的障子门，室内犹如一只巨大的雪洞灯笼。

于是，我将过去最爱读的关于哲学和艺术类的书籍全

1 黑岩泪香（1862—1920），本名周六，日本记者、翻译家。翻译外国侦探小说多种。

部排放在书架上，而将魔术、催眠术、侦探小说、化学和解剖学这些写满了怪诞神奇故事的、有着丰富插画的书籍，好像曝书一般，摊满了整个房间。我一面躺卧在地上，一面随手拿起一本入迷地阅读起来。那些书中，有柯南道尔的《四签名》，德·昆西的《被看成是一种艺术的谋杀》，其中还夹杂了诸如《一千零一夜》的传说故事、来自法兰西不可思议的性科学的书籍。

我强烈恳求庙里的住持把他秘藏的《地狱极乐图》《须弥山图》和涅槃像，还有许许多多古代的佛画，如同学校教员休息室里的地图一般挂满四壁。壁龛的香炉上，静静地升起笔直的紫色的烟霭，熏染着明亮而温暖的房间。我时常去菊屋桥边的铺子买来白檀或沉香添补香料。

天气好的日子，白昼里灿烂的阳光透过障子门照满室内，呈现出一派耀眼的壮观景象。古画上，色彩绚烂的诸佛、罗汉、比丘、比丘尼、优婆塞、优婆夷、象、狮子、麒麟等，自四壁画幅的内部，漂游在充沛的光线里。从摆放在榻榻米上的无数杂乱的书籍中，残杀、麻醉、魔药、妖女、宗教——这众多的种种傀儡都溶进香烟之中。我在氤氲朦胧的烟雾里，铺上两叠大的红毛毯，睁着一双混浊的野蛮人的眼睛，躺在地上，日复一日，胸中描绘着种种幻觉。

晚上九点左右，当寺里的人们都安静地睡下后，我拿着威士忌酒瓶大口地喝了起来。醉了之后，我就卸下后门走廊上的挡雨窗，越过墓地的篱笆墙，到外面散步。为了尽量避开他人耳目，我每天晚上换了衣服，来到游人杂沓的公园里偷偷地闲逛，或者到旧货店和旧书店里物色一些有趣的东西。出门的时候，我有时头裹布巾，外穿棉织短褂，在打磨干净的脚趾甲上点入红甲油，套上竹皮草鞋。也有时戴上金边墨镜，将披肩斗篷的领口高高竖起，粘上假胡须，画上黑痣和痦子，等等。这些改换面相的做法是极为有趣的。某天晚上，在三味线堀附近的估衣店，我一眼瞧见一件女人的夹袄，上面分布着大小不一的蓝底碎白花，我就急不可耐地想穿上试一试。

比起衣服漂亮的颜色和花纹，我对布料怀有更加深厚而强烈的依恋之情。不仅是女人的衣服，凡是看到美丽的绢织品，亲手触摸的那一时刻，我就不觉打起颤来，如同观赏恋人肌肤的颜色一般，屡屡涌现的快感达到高潮。我甚至对那些丝毫不顾世人眼光、随心所欲地穿着我所喜爱的特等绉绸的女人们产生妒忌。

对着估衣店里那件垂挂下来的、生动鲜明的绉绸夹袄——想象那柔润的、又重又冷的布面如粘胶一般包裹着肉体时的愉快心情，我禁不住战栗了。真想穿上那件衣服，模仿女人的样子来回踱步……这么一想，我毫不犹豫地将它买下了，此外还买了友禅织的长内袍和黑色绉绸外褂。这衣服看上去是高个儿女子穿的，对于我这个小个子男人也正合适。

夜深了，空落落的寺院寂静无声，我悄悄在镜子前化起妆来。我先在本是黄色的鼻梁上涂抹黏稠的白粉，容貌瞬间看上去很怪诞，可是当我用掌心将浓白色黏液涂满全脸时，妆容竟比我想象的滑润。凉凉的露水带着甜香沁入毛孔时，皮肤的愉悦是无以言表的。随着涂上胭脂和砥石粉，我那如同石膏一般雪白的脸庞，渐渐地变成活泼有朝气的女人的面孔。这真是有趣。从而我明白了演员、艺妓，以及一般女性，他们把平日里自身的肉体当材料尝试化妆的技巧，是远胜于文人和画家的艺术的。

长内袍、衬领、腰卷，还有窸窣作响的红绸里子的衣袖——我的肉体所尝到的滋味和所有普通女性的皮肤是一样的。我将发根到手腕涂上白色，在结成银杏返的假发上戴上高祖头巾[1]，毅然投身于夜晚往来的人海之中。

在阴云密布的黑暗夜晚，我久久徘徊在千束町、清住町、龙泉寺町——那一带是多沟渠的、寂寥荒凉的地方。岗亭

1 江户时代中期，年轻女性所用的防寒头巾。

的警察和行人似乎都没有注意到我。夜风冷冷地吹拂着我那张仿佛贴了一层果皮、变得干燥的面孔。我遮掩在口边的头巾布因呼吸而湿热，长长的绉绸腰卷的下摆，每迈出一步便调皮地缠住我的双脚。从胸部到肋骨束紧的宽幅礼带与缠绕在骨盘上的腰带的松紧之感，使我体内的血管里自然地开始流动着女人的血液，而男人的心境和状态渐渐离我而去。

从友禅织袖口的阴影里，我伸出涂了白粉的手一瞧，强劲结实的线条消失于黑夜之中，浮现出白皙而圆润的模样儿。我为自己的手的美丽而倾倒。如此美艳的手，让我羡慕事实上拥有这样一双手的女人。如果能像戏剧里的弁天小僧[1]那样男扮女装，犯下各种罪行，那该多有意思啊！……怀着一种类似能使读者始终欣喜若狂的、侦探小说般的“秘密”和“疑惑”，我朝行人众多的公园六区的方向走去。我把自己当成一个杀人犯、强盗，或者心地残忍、无恶不作的坏蛋。

打十二阶前来到池畔，行至歌剧院前的十字路口，彩灯和弧光灯的光线亮晶晶地照在我浓妆艳抹的脸孔上，和

1　歌舞伎狂言剧目《青砥稿花红彩画》里的登场人物，男扮女装，专干坏事。

服的颜色与花纹清晰可睹。从常盘座[1]前头经过时，我望见道路尽头的照相馆门前有一面大镜子，映射出自己一副完美的女人的姿影，渐渐地融入杂沓的人流之中。

在涂抹厚重的白粉下，我悉数隐藏着“男人”的秘密，眼神和口型一如女人，连笑容也是如此。樟脑油散发甘甜的馨香，衣服发出窸窣的摩擦声，就连打我身前身后擦肩而过的一群女人，也都毫不怀疑地把我当作同类。其中也有人对我所创造的优雅的脸庞、带着古风情趣的衣裳投来艳羡的目光。

司空见惯的公园夜晚的骚动，在藏有“秘密”的我的眼里，都显得颇为新鲜。不管去哪里，看见什么，都如初次接触的事物一般珍贵而奇妙。欺骗他人的眼睛，欺骗电灯光，将自己潜藏在浓艳的脂粉和绉绸的衣裳下面，我隔着一层“秘密”的帷幔向外张望。于是，那平凡的现实，被罩上了梦幻一般不可思议的色彩。

接着，我每天晚上都坚持同样的扮相，动辄就若无其事地挤进人堆里，站着观看宫户座[2]的戏剧或电影。回到寺里，已近午夜十二点了。我进了房间迅速点亮油灯，累得

1　江户时代起盛行的一种演剧小木屋。

2　东京浅草公园里的小型演剧台。

连衣服也不脱，就一头倒在毛毡上，怜惜地望着和服绚烂的色彩，时不时哗啦哗啦地挥动袖口。镜子里映射出自己的脸颊，我定睛一看，那渐渐剥落的白粉沾在肌理粗糙而松弛的面皮上，颓废的快感犹如陈葡萄酒的醉意撩拨着灵魂。在《地狱极乐图》的背景下，我穿着艳丽的长夹袄，像妓女似的趴在被子上，翻看那些怪诞的书籍直到夜深。渐渐地，我的妆容扮相变得更加精巧、大胆。为了酿造好奇的联想，我在腰间藏入麻醉药或插进匕首再出门。我不打算犯罪，只是想尽情嗅一嗅附着于犯罪上的美丽而浪漫的气息。

就这样，一个星期过去了。一天晚上，出于一种奇妙的因缘，我遇到了最为奇怪、最招人喜爱和最为神秘的事件。

那天晚上，我喝了比平常更多的威士忌，登上了三友馆二楼的贵宾席。大概将近十点钟了吧，挤满客人的场内，充斥着雾气般污浊的空气。从那一堆黑乎乎、蠢动着的密集人群中，荡漾出温湿的体热，仿佛正在腐蚀着我脸上的白粉。黑暗中，随着咔嚓咔嚓的微弱声响，放映机刺眼的光亮扩散开来，每当一闪一闪的光线刺痛眼眸，我沉醉的脑袋就炸裂般地疼痛。当放映停止、电灯突然点亮的时候，我如谷底升起的一片云彩，透过阶梯下众人头顶浮动的香烟的薄雾，从高祖头巾深深的暗影里，环视着全场人们的脸庞。我看到一些男人正用新奇的眼光打量裹着旧式头巾的我，还有很多女人眼馋地偷窥我身上色彩美丽的和服。这时，我心中暗暗得意起来。看看这些来场的女性观众，从扮相的奇特、姿态的婀娜乃至容貌上，都无人比得上我这般引人注目。

起初，我身旁贵宾席的椅子是空的，然而不知何时却有了人。电灯两三回再度点亮时，我注意到左边近旁的椅子上坐了一男一女。女人看上去二十二三岁，实际上大概也有二十六七岁了。头发扎成三个环型，全身裹在淡蓝色的披风里，仿佛故意显露她那鲜亮的水滴般耀眼的美貌。女人看上去既像艺妓又似千金小姐，但从同行绅士的态度上推断，她不像一位富有教养的妻子。

"………终于被捕了………"女人轻声念着影片上出现的说明文字。土耳其卷烟 M.C.C. 的浓香猛烈地扑到我的脸上，她那比起手指戴着的宝石更加光灿夺目的大眼睛，于黑暗中不时向我这方注视。

她的声音与那华美的外表极不相符，听见她说书人般沙哑的嗓音——毫无疑问，她就是我在两三年前去上海旅行途中的轮船上，偶然与之结缘的女人 T。

记得这个女人从那时起，就让人无法从她的动作和服装上辨别出是窑姐儿还是良家女子。船上陪伴她的男人，风采和相貌都与今夜的男人完全不同。也许有无数个男人连接在这两个男人之间，如锁链一般贯穿着女人过去的生涯吧？总之，那个妇人无疑属于这样一类女人，她们始终如蝴蝶一般从一个男人飞向另一个男人。两年前，我同她在船上相识的时候，因为种种缘由，两人没有互通真实姓名，在不了解境遇和住所的情况下，船就到达了上海。我恰到好处地欺骗了迷恋自己的女人，悄悄隐藏了踪迹。我完全没有料到，自那之后一直觉得是在太平洋上的梦中遇见的女子，竟然在这样一个场合再次见到她的倩影。那时略显丰腴的女人，如今浑身清瘦而亮丽，睫毛修长，莹润而浑圆的眼睛有如擦拭过般清澈，面对男人具有一种凛乎难犯的权威。鲜润的朱唇似乎濡染上了艳红的血液，唯有长长的、轻轻遮住耳朵的鬓发依旧没有变化，鼻梁看上去却比以前稍稍秀挺了。

我无法判断女人有没有注意到我。每次亮灯时，她就和男伴悄悄逗乐，看样子，她很鄙视身旁我这个普通“女子”，看不出有什么其他的心思。实际上坐在那个女人旁边，我对自己一直非常得意的装扮多少感到了自卑。我被她自由的表情、光辉耀眼的魔女般的魅力所压倒，我感到精心装扮的自己只是一个丑陋而俗浅的怪物。从她美丽的姿色和颇有女人魅力的举止来看，我到底不是她的对手。我像月亮前的星星一般瞬间消泯了。

污浊的空气朦胧地笼罩着场内，清楚浮现出毫不模糊的鲜明轮廓，披风的暗影处，隐隐约约看见柔美的手似水中的游鱼一般光艳。和男人谈话之间，她有时带着梦幻般的眼神看着天花板，有时皱起眉头向下观望群众，有时又微笑着露出雪白整齐的牙齿，一颦一笑之间，脸上漾出别样风情。那善睐的一双黑色大眼睛，宛若场内两颗宝石，远远地从阶下一隅就可以窥见。她脸上所有的器官，作为嗅、听、说的装置来说，余韵过浓，与其说是人的面庞，不如说是诱惑男人心灵的甘美食饵。

场内的视线，没有一道是射向我的。可笑的是，我开始对那位夺走了我人气的女人的美貌，产生了嫉妒和愤恨。自己曾经肆意玩弄后抛弃的女人，她的容颜的魅力瞬间夺去了我的光芒，让我遭到了践踏。或许女人认出了我，故意施行讥讽般的复仇吧？

我因羡慕她的美貌而产生的嫉妒，在胸中渐渐地转变成爱恋之情。在互为女人的竞争中败下阵来的我，这次想作为一个男人昂然自得地将她征服。这么一想，在难以压抑的欲望的驱使下，我渴望猛地抓住女人柔美的身体，不住摇撼着她。

我要让你知道我是谁。今夜我见到久违的你，又再次爱上了你。如今，你有心与我握手吗？你可有心明晚也来到这个座位等待我吗？我不愿意将自己的住所告诉很多人，只是期望明天这个时候，你来这个座位等我。

黑暗中，我从腰带里拿出日本纸和铅笔，草草写了几行字，将纸偷偷投进女人的袖口，之后又一动不动看着前方。

女人安静地在场内观看节目，直到十一点左右电影结束。当观众站起身，簇拥着混乱地挤向场外时，她又一次在我耳边低声说道："………终于被捕了………"她的目光比从前更加自信而又大胆地投向我，凝视良久之后，不久便和男人一起隐没在杂沓的人群里。

"………终于被捕了………"

女人一定认出了我，想到这，我不禁悚然一惊。那么明天晚上，她会如约而至吗？

我无法估量这位经年累月变得成熟老练的女人的能力，却装扮成那副样子，反而被她抓住了弱点，不是吗？我怀着各种不安和疑虑回到寺里。

像往常一样，我脱去外套，身上只剩一层长夹袄的时候，头巾里落下一枚折成四角的小纸片儿，开头写着"S.K先生"，墨水的痕迹透过光照，闪耀着好似绢绸般的光亮。

这正是她的笔迹。我在看电影时，有一两次因小解而离开，想必在那个空当儿，她迅速写了回信，趁我不注意塞进我的领口里了。

在意想不到的地方遇见意想不到的你。无论你怎么改变装束，三年之中，在我的梦寐里无法忘记的面影，是绝不会逃过我的眼睛的。我一开始就知道戴头巾的女人是你。但我未曾想到会和好事的你再度相逢。你想见我也多半出于此种好奇心吧？我高兴得仿佛在做梦，唯照你所言，明晚一定相候。只是我有一点不方便，还是想请你九点到九点半之间到雷门来，我差车夫去接你，把你带到我家里。就如你对自己的住处保密一样，我也不能告诉你我家的所在，因此请答应上车后蒙上你的眼睛。如果你不能同意，那么我将永远见不到你，没有比这更加悲伤的事了。

当我读这信的时候，感到自己不知不觉中成了侦探小说中的人物。不可思议的好奇心和恐惧在脑海里如漩涡翻滚。我想女人深知我的癖好，在故弄玄虚吧。

第二天晚上下着滂沱大雨。我一改身上的装扮，穿着一件橡胶雨衣，脚下蹚着积水，撑起一把绸布伞，走向暴雨如注的户外。新掘的沟渠溢满雨水，同道路连成一片。

我将袜子塞进怀中，每户人家门前的灯光照在我湿漉漉的脚背上，发出闪闪亮光。倾盆大雨自天而降，喧嚣之声遮盖了一切。平日里热闹的广小路上，防雨窗也大都关上了，两三个男人将下摆卷在腰间，像打败仗的士兵那样飞奔而去。电车驶过铁轨，不时溅起水花。这儿那儿，电线杆和广告上的灯在朦胧的雨中射出迷蒙的光芒。

我的雨衣从手腕到胳膊肘，都被雨水淋湿了，好容易来到雷门，我孤零零立在雨中，透过弧光灯的亮光环视四周，却看不见一个人影。说不定有人正躲在某个黑暗的角落里，偷偷观察我的举动。

想着想着，我伫立良久，渐渐看见吾妻桥那一方的黑暗之中，跃动着一点提灯的红光。嘎啦嘎啦，从街铁[1]铺成的石子路上，驶来一辆旧式二人乘的人力车，恰巧停在我的面前。

“先生，请上车。”

戴着深深的斗笠、穿着雨衣的车夫的声音，消失在顺着车轮流淌的雨的轰鸣之中。这时，男人突然转到我身后，用白纺绸绢布快速在我两眼上绕了两圈，扎紧，我额角的

1　东京都铁道公司的略称。

皮肉顿时皱了起来。

“好，您请上车吧。”说着，男人伸出粗糙的手掌一把将我抓住，急急忙忙拉上车座。飘着潮湿味道的车篷上，响起雨水哗啦哗啦的敲打声。毫无疑问，我的身旁坐着一位女子。白粉的芳香和微暖的体温，在车棚里蒸腾而起。

车夫抬起车辕，为了隐蔽方向，在原地绕了两三圈才离开。车子先向右拐，再向左折，我仿佛在迷宫里彷徨，时而穿过铁道，时而经过小桥。

我在车中颠簸了很长时间。坐在身边的女人不用说就是T，纹丝不动，静静地呆坐着。我想，她与我同乘一辆车，是为了监督我严守约定戴好眼罩。然而，即使没有他人监督，我也绝不会摘掉的。这位海上相识的、梦幻一般的女人，在夜雨潇潇的车篷里，将我投进了诡秘的雾霭之中。在这里，夜间都市的神秘、盲目和沉默——所有的一切浑然一体。

不一会儿，女人扒开我紧闭的嘴唇，插进一根烟卷，随后擦亮火柴，点燃香烟。

一个小时之后，车子慢慢停下，我再次被男人粗糙的手引领着走过两三条狭窄的小路，随着吱呀一声，一扇仿佛是后院的木门被推开了，我被带进屋内。我蒙着眼睛，一个人待在日式的房间里坐了一会儿，就听见打开隔扇的声响。女人一声不吭，如美人鱼一般扭着身子一点点挪到近前，仰面将上半个身体靠在我的膝盖上，又伸出两腕绕过我的脖颈，轻轻解开打成蝴蝶结、白纺绸的眼罩。

房间约有八叠大，结构和装潢都很气派，材质也是精选出来的。正如这位女子不明的身份一样，从会客室和妾宅[1]上看，分辨不出它是否属于上流社会的正统宅邸。屋子一侧的长廊外缘，种满了繁茂的植物，远处围着板壁。仅从眼前的风景，无从判断这里大体位于东京的哪个方位。

“欢迎你的到来。”

说着，女人将身体靠在屋子中央四方形的紫檀矮桌上，雪白的手腕好像两只活物，随意匍匐桌面之上。高级绢织的和服，领口饰有素色花纹，腰上系着双面缎带，结成的银杏髻风情荡漾，一改昨晚的模样儿。这使我大吃一惊。

“你一定觉得今晚我的装扮很可笑吧。为了不让别人看出我的身份，我每天不得不换上不同的衣服出门。”

看着女人拿起扣在桌上的杯子，一边说一边往里倒葡萄酒，那动作举止比我想象的更庄重而又沉稳。

“你竟然还记得我。自从上海一别，我经历过不少男人，奇怪的是，我竟然没有忘记你。只求你从此再也不要抛弃我，

1　给妾住的屋子。

把我当作不知道身份和境遇的梦中的女人，和我永远交往下去吧。”

女人吐出的每一个字都如遥远国度传来的乐曲，含着哀婉的音韵在我胸中鸣响。昨夜那般负气而聪明的女人，如何会显出这么一副忧郁而殊胜的模样儿呢？她不顾一切，将整个灵魂抛露在我的眼前。

我游离于“梦里的女人”“秘密女人”那朦朦胧胧辨不清现实与幻觉的爱的冒险的趣味之中。从那以后，我每天晚上来到女人身边，一直逗留到半夜两点才被蒙上眼睛送回雷门。一两个月过去了，我们依然不知对方的住所，继续交往着。我丝毫没有想找出女人的住址或了解她境遇的心思，慢慢地随着日子的流逝，奇妙的好奇心驱使我务必想弄个明白，自己坐的这辆人力车载着两个人究竟驶往东京的哪个方向？自己被蒙上眼睛经过的这段路，位于浅草的哪个方位？每次相隔三十分钟或一个小时，偶尔一个半小时，嘎啦嘎啦奔波于市街之上，然后撂下车辕。女人的家就在那里，或许就位于雷门附近吧？我每晚在晃动的人力车里，无法控制自己不去猜想车子所经过的路线。

一天晚上，我终于忍不住恳求车里的女人：“即使一瞬间也好，请你将这眼罩摘下吧。”

“不行，不行。”女人惊慌失措，紧紧摁住我的双手，将脸孔压在上面，“请你不要说任性的话了。这来去的路线是我的秘密。如果你知道了这个秘密，一定会遗弃我的。”

“为什么你会被我遗弃呢？”

“如果你知道了，我就不是‘梦里的女人’了，你所爱的人不是我，是梦里的女人。”

我说尽了各种话，一心想说服她，可是都没有成功。

“真没办法，就让你看一眼吧………说好了，只一眼啊。”女人叹着气，无力地摘下眼罩，一脸担心地说道，“你知道这里是什么地方吗？”

美丽澄澈的天空布满了奇妙而暗淡的星星，闪闪烁烁，银河似白色的云霞从天边流过。商店排列在窄小的道路两旁，璀璨的灯火照耀着整条市街。

不可思议的是，这么繁华的地方，我怎么从来都不知道呢？人力车不停地向前行驶，不久就穿过了一两道胡同，来到道路尽头，迎面看见一块刻有“精美堂”三个大字的印章房的招牌。

我从车上远远地瞧着招牌，想看清楚旁边用细小字体写着的地址，女人突然注意到了，“哎”的一声又蒙上我的眼睛。

在喧闹的商店林立的小道尽头，看得见印章房招牌的地方——仔细一想，必定是我从未经过的道路之一。我又被引入了小时候所经历过的那般充满神秘色彩的世界里。

“你，看清了那牌子上的字了吗？”

“没有，没看清。我一点也不知道这儿是什么地方。我对你的了解只限于三年前太平洋浪涛上所见的事，我似乎被你诱惑着， 结伴来到了遥远的大海另一头的梦幻之国。”

女人听了我的话，以极度悲哀的语调对我说：“因为是来生，请你永远都怀着这份心情吧。住在梦幻的国度，请把我看作你梦里的女人。不要再像今夜这么任性了。”女人的眼睛悄然流出了泪水。

在那之后的一段日子里，我无法忘记在女人的允许下亲眼所见的街道上的奇异风景。狭窄而热闹的小巷尽头，辉煌灯火照耀下的印章房的招牌，清晰地刻印在我的脑海里。我费尽心思，决意要找出那条街道所在的位置，终于想出了一个办法。

光阴流转，每晚我坐在车里被载着四处游走的当儿，不知不觉中记下了车子停留雷门时一些不变的规律：在固定的某一点绕圈的回数，以及后来向右或向左拐弯的次数等等。一天早晨，我站在雷门的一角，闭着眼睛转了两三圈，确定方向之后，仿照人力车同样的速度奔跑出去，虽然只能算好时间在一道道胡同里转弯，然而所到之处正如我预想的那样，有桥，有电车道，于是便确信这条路绝对正确。

这道路最初从雷门出发， 绕过公园的外围，到达千束町，沿着龙泉寺町逼仄的小道往上野方向行进，在车坂下往左拐，穿过御徒町的七八条街，再往左转，之后便撞进了之前的那条小路。果然我在路的尽头看见了印章房的招牌。

我望着这块招牌，仿佛渴望探寻岩洞背后的秘密一般，心无旁骛地快步向前走去。走到尽头，惊奇地发现那儿就是下谷竹町道路的延伸，每天晚上我去的夜摊就在那条街上。相隔五六米远，前边是一家估衣店，我有一次曾经在那里买过一件碎花绉绸。这条横向连接三味线堀和御徒町大道的奇异小路，我没有来过的印象。站在迄今使我伤透脑筋的“精美堂”的招牌前边，我久久伫立。我注视着秋天的太阳火辣辣地照耀下的乏味的贫民居住地的街景，这一切同头顶灿烂的星空笼罩在梦一般神秘的空气之中、红灯闪烁的夜的情趣迥然不同，心里不禁感到失望。

难以抑制的好奇心驱使我像狗一样沿途嗅着气味试图找回自己的柴窝，于是我从那里凭着感觉跑了出去。

这道路再次进入浅草区，我从小岛街不断往右前进，在菅桥附近越过电车道，从代地河岸朝柳桥方向一拐弯，就踏上了两国的广小路。我能够判断女人是怎样绕着圈儿使我迷失方向的。来到药研堀、久松町、浜町，过了蛎浜桥之后，我突然找不到前方的路径了。

当我在道了权现[1]正对面密密麻麻的房檐之间找到一条不起眼的窄小道路时，直觉告诉我，女人的家就深藏在那道路的尽头。走到小道右侧第二、三户人家，从洗刷得干净的板壁环绕的二楼栏杆处，越过松树叶，女人死人般的脸孔正在直勾勾地朝下注视着我。

我不由抬起双眼，用嘲讽的目光仰视二楼。女人不露声色，假装不认识的样子看着我，没有一丝笑容。她的容貌与夜里予人的印象迥异，即使伪装成他人，也不令人惊讶。只是脸上一度闪现出悔恨和失意的表情，或许她想当初真不该听从男人的恳求，摘去眼罩，暴露了秘密。女人一声不响地隐身于障子门内去了。

女人姓芳野，是附近财主的遗孀。所有的谜正如那间印章房的招牌一样全被揭开了。从此我舍弃了那个女人。

两三天之后，我急于离开寺院搬往田端一带。我的心渐渐不能满足于“秘密”所带来的迟钝而浅淡的快感，我倾向于寻求色彩更加浓烈、沾满鲜血的欢乐。

---

1 道了权现为位于神奈川县南足柄市大雄町曹洞宗大雄山最乘寺的通称。

麒　麟

凤兮，凤兮！何德之衰？

往者不可谏，来者犹可追。已而，已而！今之从政者殆而！

公元前四九三年，据左丘明、孟轲和司马迁等人的记叙，鲁定公举行第十三年郊祀的初春，孔子在几位弟子的陪伴下坐马车，从他的故乡鲁国登上传道之途。

泗水河畔，芳草青青吐嫩芽，防山、尼丘和五峰山顶的积雪融化了，北风犹如匈奴，挟着沙漠的砂石呼啸而来，依然在吹送着寒冬的余韵。神采飞扬的子路穿着随风翻舞的紫貂裘，行进在一行人的最前头。有着一双深邃眸子的颜渊和品格笃实的曾参，脚穿麻草鞋紧随其后。老实厚道的车夫樊迟，手持驷马的马嚼子，时时偷窥车里夫子衰老的面颜，为流浪中的老师的身世，流下悲悯的泪水。

一天，一行人来到鲁国国境，大家依依不舍地回首眺望故乡，来时的路隐没在龟山背后，看不见了。这时，孔子援琴吟唱起来：

予欲望鲁兮，
龟山蔽之。
手无斧柯，
奈龟山何！

声音苍老而沙哑。

此后，他们又一直向北连续走了三天。广阔的原野上传来平和而清朗的歌声。一位老人穿着鹿皮裘，腰间系着绳子。他一边在田畦上拾落穗，一边唱歌。

“仲由，你觉得这歌声如何？”孔子回头问子路。

“那位老人的歌声里听不出老师歌声中悲凉的音色。那声音仿佛天空中飞翔的小鸟，自由自在。”

“是这样啊。他就是古时老子的门生，名叫林类，差不多一百岁了吧。每年一到春天，他就到田里来，唱歌、拾落穗，已经很多年了。谁去跟他说说话儿吧。”

听了老师的吩咐，弟子中一个叫子贡的，跑到田畔，迎着老人问道：“先生，您这样唱歌、拾落穗，难道没有懊悔的事吗？”

可是老人并不回头，仍旧专心地拾着落穗，一步一步唱着歌继续前行。子贡仍旧追上去打招呼，老人终于停下来，对着子贡仔细打量一番，问道：“我有什么值得懊恼的事呢？”

“先生年少时不勤奋，长大与世无争，老后无妻儿，死期又将至，为何还能快乐地拾穗唱歌呢？”

老人听了哈哈大笑：“我所视为快乐的事，世间的人都拥有，他们却整天杞人忧天。我正因为年少时不勤奋，长大后与世无争，老后无妻儿，死期又将至，才会这么愉快呀。”

“人们都渴望长寿，为死亡而悲伤，而先生为何能把死当成快乐的事呢？”子贡又问。

“死与生是一来一往的事。在此处死，就是在彼处生。我知道为求生而变得龌龊是件糊涂的事，现在死无异于过去生。”老人这么回答，接着又唱起歌来。

子贡不明白他说的意思，回来告诉老师。孔子说：“老人家说得头头是道，可是他只得其道而未尽。”

接着，一行人又连续长途跋涉了几日，渡过箕[1]水，夫子戴的缁布冠帽沾满了灰尘，狐裘也因风雨褪了颜色。

进入卫国都城时，街头巷尾的民众指着夫子一行人，纷纷议论起来："鲁国来了一位叫孔丘的圣人。他将教导我们暴虐的君主和妃子，实施有成效的教育和贤明的治国方法。"

民众的面容因饥饿和疲惫显得羸弱而衰老。家家户户的墙门都充满着叹息与哀怨。在这个国家，娇艳的花为取悦宫殿中妃子的眼睛而被移栽，肥壮的猪为养育妃子的舌头而被食用。春天里明媚的阳光徒然地照射着灰白萧条的街道。城市中央的山丘上，五色彩虹织出的宫殿，仿佛喝足了血的猛兽，俯瞰着尸骸般的街道。那宫殿背后鸣响的钟声，如野兽的咆哮，震响全国四方。

"仲由，你觉得这钟声如何？" 孔子又问子路。

"那钟声不似先生诉诸上天的精短乐章，也不似林类一切听任上天之志的自由之歌，却似歌颂违背天道而行的

1 原文如此，疑即后文提及的"淇水"。

欢乐，曲子含有可怕的意味。”

“正是如此，那钟是古时候卫襄公耗尽国中的人力和财力铸造而成的，名叫林钟。钟声在御花园的林中回荡，震耳欲聋。此外钟声里封闭着为暴政所折磨的人们的诅咒和眼泪，因而发出如此恐怖的声音。”听了子路的回答，孔子这样教导子路。

卫灵公把云母屏风、玛瑙床榻运到能够眺望疆土的灵台附近，同身穿青云衣、系着白霓裙的夫人南子，一边饮着香味浓郁的秬鬯[1]，一边远眺春季里沉睡于浓雾深处的山野。

“天与地之中，明媚的光辉如清泉流淌，为什么我国民众看不见花儿鲜丽的颜色，听不见鸟儿愉悦的歌声呢？”灵公不解地皱起眉头。

“这是因为老百姓在颂扬国君的仁德和夫人的美貌之余，将所有娇艳的花儿献进皇宫、移栽进植物园，而鸟儿们因为爱慕花香，也都飞到园子里来了。”候在一旁的宦官雍渠答道。

---

1 祭祀用的掺入郁金香草的酒。

正在这时，孔子的马车从灵台下经过，车上玉銮珊珊而鸣，打破了清冷街道的寂静。

“坐在那车里的人是谁？那男人的额头似尧，眼睛似舜，脖子似皋陶，肩像子产，自腰以下不及禹三寸。”伺候在身边的将军王孙贾瞪圆了眼睛惊叹道。

“可是那人带着怎样的一副悲伤的表情啊。将军，你知识渊博，请告诉妾，那人是从哪里来的呀？”南子夫人回头望着将军，手指向奔跑而去的马车的背影。

“我年轻时游历诸国，除一个叫老聃的周的史官以外，没有见过像他那样相貌堂堂的人。想必他就是在国政上不得志而转向传道的鲁国圣人孔子了。传说那人出生时，鲁国出现麒麟，天空乐声悠扬，神女自天而降。那人嘴唇如牛，手掌如虎，脊背如龟，身长九尺六寸，体魄如文王。那一定就是此人了。”王孙贾解说道。

“那个叫孔子的圣人，教导人什么策略呢？”灵公喝干手中杯里的酒，问王孙贾。

“所谓圣人，手中握着世上所有智慧与见识的钥匙。他专心向各国君主传授齐家、富国、平天下的政道。”将军再次说明。

“寡人寻求世间的美色，得到南子。搜罗四方的钱财，修建了这座宫殿。尔后的愿望就是要称霸天下，获取同夫人和宫殿相媲美的权力。你想个什么办法去请那圣人进殿，传授一下平定天下的策略吧。”

灵公窥探桌子对面夫人的朱唇。平日里灵公的心里话，不是来自灵公自己的语言，而是从夫人嘴里说出来的。

“妾想见一见被世间称为不可思议的人，如果那一脸悲怆神情的人真是圣人的话，一定会让妾见识到各种奇妙的事物。”说着，南子夫人抬起似梦非梦的双眼，眺望远方渐行渐近的马车影像。

孔子一行人走近北宫前的时候，一位长相聪明的官人，率领众多随从，鞭打屈产的驷马，空出马车右边的座位，恭恭敬敬地迎上前来。

“我是受灵公之命，前来迎接先生的仲叔圉。先生这次传道于途的消息，已经为诸国所听闻。在这千里迢迢的旅途中，先生翡翠的帽子被风吹绽了线，车轴磨出了浑浊的声音。我们的心愿就是恭请您换上这辆新马车，烦请先生枉驾皇宫，将先王治国安民之道传授给我们的君主。为解除先生的疲劳，西圃的南边有一处水晶般的温泉，泉水沸腾；为了滋润先生的喉咙，御苑的庭园里，有结着芳香的柚、橙和橘这些饱含甘甜汁水的果实；为了慰藉先生的唇舌，苑囿内有肥壮的猪、熊、豹、牛和羊，酣卧不起。

我们热切期盼先生在这里住上两三个月、一年或十年，为迂执的我们驱散心灵的迷雾，开启我们失去光明的眼睛。”仲叔圉下车来殷勤地向孔子一行人打招呼。

“比起拥有巍峨宫殿的君王的财富，我更看重崇尚三王之道的君主的诚心。万乘之位满足不了桀纣的奢侈，方圆百里的国土对尧舜的施政来说也并不狭小。灵公真心要除去天下所有的灾祸，立志为百姓谋幸福的话，即使把我的骨头埋进这里的土地，我也不会后悔。”孔子如此回答了他。

随后，一行人被引向宫殿深处，一排涂成黑色的筒靴在不落纤尘的平滑的石板地上，发出嘎嘎的响声。

掺掺女手，可以缝裳。

众多女官一边齐声合唱，一边打梭声响亮的织锦房门前经过。花开似锦的桃树林里，传来苑囿里的牛的慵懒低吟。

灵公听了贤人仲叔圉的建议，让夫人和其他女眷回避，清洗了一下被欢乐之酒浸润的嘴唇，衣冠整齐地将孔子让进一间房里，向他请教富国强兵、称霸天下的策略。

可是圣人对于侵害他国、损伤人命的战争，未曾提及一句。也没有教授他榨干民膏、抢夺民物获取财富的事。孔子郑重地提到，比起军事和产业，宝贵的道德才是最重要的。他教导灵公，使他明白了以武力征服他国的霸道与心怀仁义治理天下的王道这两者的区别。

“公若诚心仰慕王者之德，首先要克制私欲。”这就是圣人的告诫。

自那天之后，左右灵公心怀的不再是夫人的话，而是圣人的话。灵公晨起上朝向孔子请教正确的治国之道，傍晚到灵台观测天文四时的运行，勤问学于孔子，就连晚上也不去夫人的闺房了。纺织房里织锦的梭声变为钻研六艺的官人的弓弦声、马蹄声和筚篥声。一日清晨，灵公独上灵台，延望国中，乃见山野鸟啭声娇，民家花开色丽，百姓出南亩而歌颂灵公之德，勤于耕作。灵公眼内，流下感激热泪。

“您为何事哭成那样？”

此刻，灵公忽然听到一个声音这么说，勾魂的甜香戏弄着他的鼻子。那是南子夫人嘴里含着的鸡舌香和平时撒在衣服上的西域香料，还有蔷薇水的清芬。久已忘却的美妇人身上散发的香气的魔力，化成利爪，残酷地戳向灵公如玉一般的心灵。

“你不要用那奇怪的目光注视我的眼睛，你不要用那柔软的臂腕缠绕我的身体。我从圣人那里学会了克服罪恶之道，但还没掌握抵御美色侵扰的技艺。”灵公甩开夫人的手，转过脸去。

“啊，那个叫孔丘的男人不知不觉把您从妾的身边夺走了。如果说妾从未爱过您，并不奇怪，可是您不可能不爱妾。”

南子的樱唇燃烧着愤怒的火焰。夫人嫁到卫国之前，有一位情夫叫宋朝，是宋国的公子。她的愤怒与其说来自丈夫爱的消亡，毋宁说是因为失去了支配丈夫心灵的力量。

“我没有说不爱你，从今天开始，我要像爱妻子一样爱你。迄今为止，我如奴隶侍奉主子、凡人崇拜神仙一样地爱你。我迄今的事业是奉献出我的国家、我的财富、我的人民、我的生命去博取你的欢心。可是圣人的话使我知道，比起这些，我还有更加尊贵的事业。过去，对我来说，你的肉体之美是我最大的力量。可是，圣人心灵的鸣响，给我带来超越你肉体的更强大的力量。”灵公勇敢地说出这一决心，随后扬起额头，耸起肩膀，直面夫人嗔怒的脸庞。

“您绝不是一位能够违拗妾的话的强者，您是个多么可悲的人啊！世上最可悲的莫过于没有自身力量的人，妾可以立即将您从圣人的手中夺回。您的舌头现在只是重复着您说惯了的豪言壮语，您的目光不正如醉如痴地注视着妾的面孔吗？妾有使所有男人销魂的手段，最终妾要让您看到，就连那位圣人孔丘也将被妾虏获。”夫人自豪地面带微笑，斜睨了灵公一眼，迈步离开灵台，衣裙窸窣作响。自从那天开始，灵公一直保持平静的心中，有两股势力相互争斗起来。

“来到卫国的四方君子，千方百计想拜见妾。听说圣人也是重礼之人，为何不见踪影呢？”宦官雍渠如此传达夫人旨意的时候，谦虚的圣人也无法拒绝了。

孔子和弟子们一起在南子的宫殿中等候，向北稽首。朝向南面的锦绣帷幔里，只能隐约瞧见夫人的绣鞋。夫人低头答谢众人的行礼时，头饰的步摇与手环的缨络珠相互碰撞，响声可闻。

“来到卫国见妾的人，没有人不惊叹‘夫人的额头像妲妃，夫人的双眸似褒姒’。先生如若是真圣人，请告诉妾，自古时的三皇五帝以来，世上可有比妾更美丽的女子？”说着说着，夫人撤下帷幔，面露明媚的笑容，将众人招到近前。南子头戴凤冠，鬓插黄金钗、玳瑁笄，身穿麟衣霓裳，她的笑颜如日生辉。

“我只了解德行高尚者的事情，却不知美貌女子的事情。”孔子说后，南子又问：“妾收集世间的奇珍异宝。妾的仓库里放着大屈之金、垂棘之玉，妾的庭院里有偻句之龟、昆仑之鹤。可是妾还没有见过圣人诞生时出现的叫作‘麒麟’的动物，也没见过传说中的圣人胸口的七窍。如果先生真是圣人，就请让妾看看吧。”

孔子听后改变面色，以严肃的口气回答道：“我不知道什么奇珍异宝。我所学的都是匹夫匹妇这些人人知道、且又不可不知道的事情。”

夫人听后，语气更加柔和地说道：“大凡见过妾的容貌、听过妾声音的男人，通常都会愁眉顿展，拨云见日，而先生为何总是一脸悲悯之色呢？在妾看来，愁苦的脸都是丑陋的。妾知道宋国有一位叫宋朝的年轻人，他虽没有先生一般高贵的额头，却有着春空一般明丽的眸子。妾的近侍里有一位宦官叫雍渠，他的声音虽然不似先生那样威严，可舌头却如春鸟一般轻捷婉转。先生如果真是圣人，应当具备与宽大胸怀一脉相承的俊朗容貌。妾今天要为先生驱散愁云，拂去烦恼。”

于是，南子回顾左右的侍从，命人取来一个盒子。

“妾存了很多香，烦恼的人胸口吸了这香气，就会一味憧憬美丽的梦幻之国。”说完，七位头戴金冠、系着莲花腰带的女官，手捧七只香炉围绕在圣人周围。

夫人打开香盒，将各种香料一一投入香炉。七缕浓烟静静升上金绣的帷幔。或黄、或紫、或白的檀香烟雾里，藏着一个南海海底历尽几百年的奇妙梦境。十二种郁金香由春霞孕育的芳草精华凝结而成。栖息于大石口沼泽中的巨龙的口水精炼而成的龙涎香的香气，生长于交州的密香树的树根制成的沉香的气味，都具有将人心引向那远方甜蜜的幻想之国的力量。可是，圣人脸上的暗云越发深沉。

夫人绽开笑容说道："哦，先生的脸庞渐渐泛出美丽的光辉。妾有各种各样的美酒和杯子，香烟能使先生苦涩的灵魂吸吮甘甜的汁水，美酒的玉露将给先生威严的身体带去自在的安逸。"夫人说完这段话，七位头戴银冠、系着蒲桃花纹腰带的女官，将各种美酒和杯子恭恭敬敬摆上桌面。

夫人向各式珍奇的酒杯里一一斟酒，劝孔子一行人饮用。那酒的味道有着奇妙的作用，使人藐视道义的价值，却赐予人珍爱美色的心灵。碧光四射、通体透明的碧瑶杯里所盛的美酒，是人间无法品味到的、传递天堂欢乐的甘露；往纸一样薄的青玉色的自暖杯里倒入的凉酒，稍待一会儿便热气蒸腾，烧热悲情人的肝肠；用南海虾鱼头做成的虾鱼头杯子上，恼怒地伸展着几尺长的深红虾须，点缀着海浪飞沫般的散金碎银。然而，圣人的眉头越皱越深了。

夫人喜笑颜开地说道："先生的面庞更加美丽炫目了，妾这儿有各种鸟兽的肉，在香熏中洗涤灵魂的烦恼、借酒力松弛紧绷身体的人，需要用丰盛的食物滋养口舌。"说完，七位头戴珠冠、系着菜萸腰带的女官，将盛有各种鸟兽肉的盘子恭敬地摆上桌子。

夫人又一一拿盘里的菜肴劝一行人食用。菜里有玄豹之胎、丹穴之雏，还有昆山龙的肉脯和封兽的蟠蹄。将一片甘美的肉夹进嘴里的那一刻，人的心里就无暇考虑善与恶了。然而，圣人脸上的愁云依旧没有消散。

夫人第三次展开笑容说道："啊，先生的体态愈益优雅，先生的容颜愈益焕发。闻了幽妙的清香、尝了辛辣的酒味、吃了醇美的香肉的人，不再做凡人所做之梦，而生活于坚固、激烈、美好而荒诞的世界，可以逃离此生的忧郁与烦闷。现在，妾就要将这个世界展现在先生眼前。"

夫人说罢，回头看看近旁的宦官，伸手指向室内正面一帘帷幔的背后。带着深深褶皱、层层叠叠、厚重垂挂着的锦帐，从中央向两边左右拉开了。

锦帐的另一边是面向庭院的台阶。阶下，青青芳草正在吐芽的地上，聚集着无数千奇百态的东西，在温暖的阳光下，他们或仰天，或蹲地；像猛扑，又像争斗；相互依偎，蠢蠢欲动。然后可听见时大时小的悲哀凄厉的叫喊与呻吟。

有的染成朱红，如盛开的牡丹；有的震颤不已，如受伤的鸽子。其中，一半人是因为触犯了这个国家严酷的法律，一半人是因为被夫人看作眼中钉，而成为被施以酷刑的罪犯。既无一人穿着完好，亦无一人体有完肤。其中既有因为指责夫人恶行而炮烙毁容，颈戴长枷、穿透耳洞的男人；也有引灵公心动而遭夫人嫉妒，被劓鼻、刖足、铁锁系颈的美女。恍惚地凝视着这般风景的南子，其面容如诗人般美丽，似哲人般严肃。

“妾时常和灵公一起驱车，打城里的街道通过。假如路上有被灵公多情的眼神所流眄的女子经过，妾便命人将她抓来尝受那样的惩罚。妾今天也想和灵公一起陪伴先生去城中走走，如果先生看到那些罪人，就不会违逆妾的心愿了。”夫人的话语里，潜隐着咄咄逼人的威压。眼神温柔、言辞残酷，便是这位夫人的常态。

公元前四九三年里春日的一天，位于黄河与淇水之间的商墟之地，两辆驷马车行进在卫国都城的街道上。在两位宫女手持羽扇分立左右、众多文官女官簇拥之下的第一辆马车里，坐着卫灵公和宦官雍渠，以及以妲妃、褒姒之心为己心的南子夫人。被数位弟子前后护拥的第二辆马车里，坐的是以尧舜之心为己心而居于乡间田舍的圣人孔子。

“啊，看来那位圣人的德也敌不过那位夫人的暴虐。从今日起，那位夫人的话将成为我们卫国的法律吧。”

“那位圣人的神情多么悲伤！那位夫人的态度多么傲慢！可是，从来没有见过夫人的容颜像今天这般美丽。”站在街巷里的老百姓仰视着驶过的马车队，纷纷议论起来。

那天傍晚，夫人更加用心地装扮自己，独自躺在闺房的锦被绣褥中等待着，直到深夜。终于，外边响起了轻轻的脚步声，有人咚咚地敲门。

“啊，您最终还是回来了。您从此再也不会从妾的怀抱中逃离了。”夫人说着张开两手，从灵公长袖的里侧抱住了他。充满酒气的柔美的臂膀，仿佛解不开的绳结，紧紧拥抱着灵公的身体。

“我恨你，你是个可怕的女人。你是吞噬我的恶魔。但我怎么也离不开你。”灵公声音颤抖。夫人的眼睛闪耀着邪恶的自豪的光芒。

翌日早晨，孔子一行人踏上了去曹国的传道之途。

“吾未见好德如好色者也。”

这是圣人离开卫国留下的最后一句话。这句话载入了他宝贵的《论语》一书，一直流传至今。

少 年

回想起来已经是二十年前的事了。那是我终于长到十岁左右，从蛎壳町二丁目的家赶去水天宫后面的有马学校上学的那段日子——人形町街道的天空雾气迷蒙，阳光暖暖地照着路边商家深蓝色的暖帘，那正是朝气蓬勃的时代，我无止境的梦幻般的幼小心灵里，隐约感受着春天的朝气。

一个春光和煦的晴天丽日，当我困倦地上完下午的课，沾满墨汁的双手抱着算盘，正要跑出学校大门的时候，突然有人叫着我的名字，从身后急急忙忙追上来："荻原荣同学！"

他是同年级的塙信一。这个小男孩从入学到今天，在普通小学的四年里，未曾片刻离开过随身女佣。大家都以为他没出息。同学们爱讲他的坏话，说他胆小、好哭，不愿跟他一道玩。

“什么事啊？”

信一很少主动跟我说话，我感到很奇怪，不由地注视着这个男孩和他身边女佣的表情。

“今天来我家一起玩吧，庭院里举行祭祀五谷神的活动呢。”从那张像是被红纽扣锁住的嘴巴里，传出柔和的、怯生生的声音。信一的目光仿佛是在诉求着什么。总是孤单一人、畏畏缩缩的他，怎么会对我说出这样意外的话呢？我感到有些不知所措，只是茫然地站在那里打量着对方的面孔。虽然平日里被大家骂作胆小鬼或别的什么，但此刻我望着面前的信一，不禁感到，他具备着只有良家子弟才会拥有的高雅的美好气质。他穿着丝织的筒袖和服，系着博多纺高级腰带，外罩棕黄色格子纹外褂，脚上穿着平纹细白布袜子，外面套着竹皮草鞋，那身打扮与他皮肤白皙的瓜子脸型十分相配。此时的我更加深深地被他极富品味的装扮所打动，由此产生了迷恋之情。

“哎，荻原家的少爷，请和我家少爷一起玩儿吧。今天呀，家里有祭祀活动，夫人吩咐尽量邀请安分又可爱的同学来家里做客。于是，少爷选中了你，请你答应下来吧。你到底来还是不来呢？”

经随身女佣这么一说，我的心里顿时得意起来。

“那么，我先回去和家里说一声再去玩吧，怎么样？”我特意一本正经地回答。

“是该这样呀。那么我们陪你一起回家，由我亲自请求你母亲，我们就这样一起去吧。”

“嗯，不用了。我知道你们家的地址，回头我一个人去就行。”

“是吗？那我们一定等你来，回来的时候我送你。请你告诉家里不要担心。”

“知道了，再见。”说完，我跟少年打着招呼，有些依依难舍，可信一连一个文雅的笑容也没有，只是落落大方地点了点头。

想到从今天起就可以和那位优秀的男孩子成为好朋友，我心中涌起莫名的喜悦。为了躲过平日里一起玩耍的伙伴——假发铺的幸吉和船老大家的铁公，我急匆匆回家，迅速脱去藏青色校服，换上花格子便装。

“妈，我出去玩一会儿。”说罢，我就穿上竹皮凉鞋，冲出格子门外，一直向塙的家飞奔而去。从有马学校前边径直穿过中之桥，直到浜町的冈田院墙，再沿着靠近河心洲的河岸道路走下去，便能见到一处颇为萧条而闲静的街区。过去在新大桥畔，右前方不远处，曾经有两家著名的团子铺和煎饼铺。那条路对面的一角，绕过长长的围墙，出现一扇坚实的铁格子门，那儿就是塙的家。从门前经过，院内树木繁茂，透过绿叶间的缝隙，隐隐可见“人”字形日本馆的砖瓦泛着银灰色的光亮，后边的西洋馆那绯红色的砖瓦早已褪去了色彩。整个宅院显得朴素、典雅。

那一天，院内好像正在举办祭祀活动，喧闹的锣鼓声传到院墙外，附近穷人家的孩子纷纷从横街敞开的木栅栏门进入院内。我本来打算从前门进去，请看门人叫一下信一，但又觉得有些害怕，便和那些孩子们一起从后门钻进院子。

好大的宅院啊！我站在葫芦形水池边的草地上环视庭院四周，这么想着。如同周延[1]描绘的三幅一组、名叫《千代田之大奥》的画作，其中的流水、假山、雪见灯笼、陶瓷仙鹤和洗石[2]等，在这里都配置得十分得当。一块巨大的伽蓝石[3]加上若干踏脚石，一块接着一块，绵延不断。在遥远的尽头，有一间豪华宴会厅，我心想，信一会在那里吗？总觉得今天见不到他了。

和煦的阳光下，许多孩子脚踏着毛毡似的草地玩耍。从庭院一角装饰得漂漂亮亮的五谷神的祠堂到后院的栅栏

---

1 杨洲周延（1838—1912），江户初期浮世绘版画家。

2 铺设在流水口的石头。

3 利用废寺的基础石作门内放鞋的石头或院中脚踏石。

门，每隔两米的距离就排列着俏皮的灯笼。这儿或那儿设置着款待客人的甜酒、关东煮和年糕小豆汤的摊位。为助兴而举办的神乐演奏和儿童摔跤比赛的周围，黑压压挤满了人。特地赶来看热闹的我不由得失望起来，开始漫无目的地四处闲逛。

“小哥哥，喝杯甜酒吧，不要钱的。”来到甜酒铺前，系着红袖带子的女佣笑着跟我搭话。

我表情严肃地从前边绕了过去，接着来到关东煮的摊位前边，一位秃顶的老爷爷向我打招呼：“小哥哥，来一碗关东煮吧，没有钱也没关系的。”

“不要，不要。”我毫不讲情面地回答他，正要失望地返回木栅栏门的时候，突然不知从哪儿来了一位穿着深蓝色号衣、吐着酒气的男人。

“小哥哥，你还没拿点心吧。回去时，带点儿点心回家吧。把这个交给那边宴会厅的小阿姨，她会给你一些点心，快去吧。”说着他递给我一张染着鲜红颜色的点心票。我胸中一阵悲伤。但一想，去宴会厅那儿，也许能遇见信一，我顺从地接过那张票，又在院子里闲逛起来。

幸运的是，我不久就被信一的贴身女佣发现了。

“少爷，你来了。刚才就一直在等你呢，快去那边儿吧，不要在这群粗俗的孩子堆里玩了。”她温存地握着我的手，我顿时泪如泉涌，一时说不出话来。

我沿着和小孩子一般高的廊子向前走，绕到伸出庭院的宽大的宴会厅背后，来到了只有十坪大的中庭，站在周围被芦苇和篱笆环绕的小客厅前。

“少爷，你的同学来了。”女佣在青桐树底下高声喊道。这时，障子门内传来啪哒啪哒细碎的脚步声。“别从这儿进来！”信一一边高声大叫，一边向廊子这边跑来。那样一个胆小怕事的男孩子，要挤压身体的哪个部位才能发出这么充沛而响亮的声音呢？我觉得不可思议，信一那身超出想象的绚丽夺目的盛装使我怀疑自己的眼睛，两重黑羽平织的印着家徽的礼服，外面罩着羽织褂，仿佛银粉一般闪闪发光。

信一拉着我的手走过八叠大、精巧别致的小客厅，屋子里飘荡着米果包装纸一般的甜香，又厚又软的花纹丝绸坐垫放在那里，好像正在等候客人的到来。接着，很快有人端来了茶和糕点，以及盛着糯米小豆饭和茶前点心的漆制高脚茶器。

“少爷，夫人叫你和朋友一块儿把这个吃了……今天有这么多好吃的东西，不要再胡闹了，乖乖地玩吧。”女佣看我客气，劝我吃了糯米小豆饭和金团儿[1]才离开。

安静的向阳房间里，明亮的障子门映着廊子尽头的红梅那火红的影子。从远处的庭院传来咚咚咚的神乐戏[2]的鼓声，同孩子们的喧嚣声交织在一起。我好像来到了一个既遥远又神秘的国度。

“小信，你总待在这间屋子里吗？”

“嗯。这儿其实是姐姐的房间。那边有姐姐的各种有趣的玩具，我拿给你看。”

说着，信一从小壁橱里拿出奈良猩猩偶人、贴花的老翁和老妪、西京芥子偶人、伏见偶人、伊豆藏偶人等，整齐地摆放在我俩的四周，还将无数个做成各式男女头型的偶人插在两叠大的铺席缝隙里。我们趴在被子上，伸长了脖子仔细端详那长着胡须、瞪着眼睛的精巧的偶人的表情，想象着这些小矮人生活的世界。

“这儿还有很多绘双纸[3]呢。”信一从壁橱里的半四郎和菊之丞的包装纸里抽出塞得满满的草双纸，给我看各种各样的画本。这些书不知道经过了几十年，打开那木版印

---

1 用白薯或栗子作馅的甜食。

2 祭神时演出的舞乐。

3 插图故事书。

制的色彩艳丽、光泽依旧、飘着新鲜气息的美浓纸表纸，微臭的纸面上，旧幕[1]时代的俊男美女那生动活泼的眼鼻、手脚、指尖等细微之处都描绘得栩栩如生。画面中正巧有一座酷似这座宅邸的房子，后院里公主和一群侍女似乎正在追逐萤火虫；寂寞的桥畔，戴着深草笠的武士砍掉一个侍从的脑袋，从死人怀中夺去信匣中的信，拿到月光下边阅览。翻开下一张，一个蒙面黑衣的无赖闯入女官宿舍，持刀从被子上直刺熟睡中梳着蘑菇发型的女子的喉头。还有一处地方，在闪闪烁烁的行灯的朦胧火影之中，浓妆艳抹的女人穿着一袭睡衣，嘴里衔着滴血的剃刀，眼睛斜睨着扑空倒毙在脚边的男人的死相，站起身丢下一句“活该”，扬长而去。我和信一最感兴趣的是其中的杀人场面：眼球迸裂而出的死人的脸庞，胴体斩断后、只靠下体站立的人，还有深黑的血痕仿佛浓云一般斑斑点点的构图……正当我们全神贯注地翻阅这些奇奇怪怪的画面时，一位穿着友禅绸宽袖和服的十三四岁的女孩儿拉开障子门，跑了进来：

“哎，小信！又乱动别人的东西了？”

女孩子双眉紧锁，眼角和嘴唇威严、冷峻，带着孩子

1　明治维新后，对江户时代的通称。

般的嗔怒，站在那儿咄咄逼人地瞅着我和弟弟。信一并不像我想象的那样脸色苍白地蜷缩着身子，而是完全不理睬自己的姐姐，头也不回地照样翻弄着画本。

“说什么呢。谁要碰你的东西。不就是给朋友看看吗？”

“还说没乱拿？那些，我不是说过不准动吗？”信一的姐姐急步上前，想要抢走他正在看的书，而信一却不肯放手。他们各自牢牢扯住书皮和书瓤，线书缝合的地方眼看就要拆裂，于是两人又久久地对视起来。

“姐姐你这个小气鬼，我才不会借你的呢。”信一说着，突然狠狠地把书抛开，顺手拿起奈良偶人向姐姐的脸上投去，偶人打偏了，砸在壁龛的墙壁上。

“都看了，还说没乱拿。好啊，你打我。想打就再试几次。上次也是被你打出瘀血，还没有消呢。我会把今天的事跟父亲说的，你给我记着。”信一的姐姐满怀愤怒，含着眼泪撩起绉纱的裙摆，右侧雪白的小腿上印着一颗像痣一样的伤痕，正好位于从膝头到腿肚处，在那柔软细薄、分布着青色血管的肌肤之上，紫色的斑点渗进了皮肤，看样子似乎很疼痛。

“想告状就去告吧。小气鬼。”信一用脚胡乱踹倒了那些偶人，“我们到院子里玩吧。”说完带着我跑出那间房子。

“姐姐是不是哭了？”到了屋外，我的心情变得遗憾又悲伤起来，不禁问信一。

“哭就哭吧。每天都和她吵架，惹她哭。姐姐可是小妾生的啊。”信一语气傲慢地说着，迈步走向西洋馆和日本馆之间的巨大榉树和朴树的树荫处。那里，老树繁茂的枝丫密密地遮蔽着阳光。湿润的地面平铺着一层青苔，阴冷寒凉的气流也仿佛渗入了两人的脖颈。或许是古井的遗迹吧，在既不像沼泽，也不像水池的混浊水洼里，青绿的水草漂浮在水面上。两人在池畔旁坐了下来，闻着湿润的泥土的气息，心情恍惚地伸展双脚，不知从何处传来了微妙而幽玄的奏乐的声音。

“那是什么声音？”说罢，我认真倾听起来。

“那是姐姐在弹钢琴。”

“钢琴是什么？”

“姐姐说是像风琴一样的东西。外国女人每天来西洋馆教姐姐弹呢。”信一指着西洋馆的二楼。从罩着肉红色布帘的窗户里不停流泻出奇妙的音响，有时像森林深处的木精在对着妖魔狂笑，有时像童话故事里的一群侏儒围在一起翩翩起舞……数千条想象的精细的彩线，在我幼小的大脑里编织着微妙的梦的奇妙声响，仿佛就来自这古老池沼的水底。琴声停止时，我依然处于尚未消散的狂喜之中，对琴声的迷恋不绝如缕。我凝视着二楼的窗户，期盼着外国人和信一的姐姐从那里探出头来。

“小信，你不到那边玩玩吗？”

“不能随便去，妈妈不许我去那边。有一次偷偷去那里一看，门上了锁，打不开。”信一和我一样带着好奇的眼神仰望二楼。

“少爷，我们三人玩点什么吧。”突然传来一个声音，有人从背后跑来。他也是同一个有马学校的学生，比我们大一两岁。我虽然不知道他的名字，可因为他是有名的淘气大王，成天欺负年纪小的孩子，所以记得他的模样儿。为什么这家伙在这里？我正纳闷地默默看着他的时候，信一却亲密地叫他“仙吉，仙吉”，他也喊信一“少爷，少爷”，两人相见甚欢的样子。后来一问才明白，他原来是塙家马夫的儿子，当时，我看信一那副样子，简直就是基亚里尼马戏团的美女驯兽师。

“那么三人玩小偷捉迷藏的游戏吧。我和小荣扮警察，你扮小偷。”

“什么都行，就是别像上次那样太疯狂就好。少爷又绑绳子，又抹鼻屎的。”

听了他俩的对话，我越来越惊奇，那么可爱如女孩儿般的信一，能有力气把粗暴如熊的仙吉绑住，使他无可奈何。如此情景，我是无论如何也没法想象的。

于是信一和我扮警察，穿梭于池塘的周围与树木之间追逐仙吉，虽说是两个人，但对方年长，总也逮不到他。最终，我们把仙吉逼到了在西洋馆后院墙边角落的一个小仓库里。

两人悄悄示意，屏住呼吸，蹑手蹑脚进入小仓库。可是并不见仙吉的踪影。昏暗的仓库内充满了扑鼻的米糠酱和酱油桶的陈腐噎人的气味。潮虫徐徐爬动在挂满蜘蛛网的天棚和木桶周围。这个景象仿佛给两个年幼者开了一个不可思议而有趣的玩笑。这时，听到从哪里传来嗤嗤的窃笑。忽然，梁上吊着的用心笼[1]嘎吱嘎吱作响，仙吉从那里“哇”地大叫一声探出头来。

“哎，快下来。再不下来我就对你不客气了！”信一在下面怒喝，正打算和我一起用扫帚去戳仙吉的脸。

“来呀，谁靠近我就对谁撒尿。”仙吉站在用心笼上，眼看着就要撒尿，信一转到正下方，操起现成的竹竿透过笼眼向仙吉身体的各部位，屁股呀，脚底展开攻势。

“你还不给我下来？”

“痛啊，痛啊，嘿，对不起。我下去！”仙吉尖叫着一边道歉，一边强忍全身关节的疼痛下来了。这时，信

---

1 旧时家中以备不时之需的竹筐。

一一把揪住他前胸，胡乱地审问道：“在什么地方偷了什么东西？快老实坦白！”

仙吉也跟着胡乱自满地说他在白木屋偷了绸缎，在“人字边”[1]店偷了干制鲣鱼，还在日本银行骗了钞票。

“真是个无耻的家伙。你做的坏事不止这些吧。你没杀过人吗？”

“有过。在熊谷河堤杀了按摩师，抢走了装有五十两的钱包，并用那笔钱作盘缠来到吉原。”好像是从低级戏剧或是拉洋片[2]中听来的故事，每个都是机敏绝妙的回答。

“你杀人还不止一回吧。罢了，罢了，你不说是吧？不说就拷打你。”

“就这些了，请你饶恕我吧！”

信一并不理会双手合十求饶的仙吉，迅速解开仙吉腰间脏兮兮的浅黄色绉绸腰带，将他的双手反绑在身后，并用剩下的一段熟练地捆扎至他的脚脖子。接着，又扯一扯仙吉的头发，揪一揪他的两颊，翻开上眼皮里的红肉，露出白眼珠，拽住他嘴巴和耳朵的一端摆弄摆弄。信一的指

1　东京日本桥鲣鱼专售店，商标为“亻”，最早屋号为“伊势屋伊兵卫”，故俗称“人字边”店。

2　木箱中排列照片，前边安装窥视镜，拉动照片供人观看。

尖像戏剧中的童角或雏妓一般娇嫩青白，灵巧地来回舞动。仙吉脸上那肌理粗黑、又肥又丑的肌肉，好像皮筋似的有趣地伸缩不已。信一玩腻了，说道："等等，等等。你是罪人，我要在你额头上刺字。"

他一边说，一边从装有木炭的袋子里取出佐仓出产的炭块，在仙吉的额头上吐了口唾沫，画了起来。仙吉的脸被乱画一气，一副哭丧的脸畸形地歪斜着，哀哀啼哭。可他最终还是泄了气，任凭对方摆布。眼见着平日在学校里强悍又粗暴的孩子王，被信一改变了模样，眼睛和鼻子看上去像妖怪。我心里被一种从未有过的不可思议的快感所侵袭，可是害怕第二天上学会遭到报复，所以不想同信一一起胡闹下去。

过了一会儿，仙吉的腰带被解开了，他带着憎恶的眼神斜视信一的脸庞，身子无力地直立在那里，一动也不动。我们抓住仙吉的胳膊想把他扶起来，他却又无力地倒下去，我们开始有些担心了，沉默地守候着。

"喂，你怎么了？"信一无情地抓住仙吉的衣领，使他扬起头来，不知何时，仙吉哭丧着脸，用衣袖抹掉半边污垢，模样滑稽。三人互相瞅着，哈哈大笑起来。

"这回我们去外边玩吧！"

"少爷，不要再那么蛮横了。你看看，都留下这么深的印痕了。”我仔细一看，仙吉手腕处，留着绳子捆绑后的红色斑痕。

“我扮狼，你俩扮旅人，到最后，一同被狼吃掉。”信一又出了这么个主意，我有些不乐意，仙吉却说：“好的！”

既然这样，我也不好拒绝。于是我和仙吉扮成旅人，小仓库成了佛堂，我们露宿在佛堂，半夜信一所扮的狼来袭，频繁地在门外吼叫，之后终于咬破门冲进佛堂里。狼一边匍匐爬行，一边发出像狗又像牛一样罕见的呻吟声，追逐四处逃命的两个人。信一演得极为认真，如果被他抓到会遭遇什么后果？我心里感到稍许的恐惧，脸上浮着不安的笑容，拼命在柴包和草席背后东跑西奔。

“喂，仙吉，你的腿被咬了，不能再走啦。”狼这么说着，追逐其中一个旅人，把他逼到了佛堂的一隅，扑了上去，啃咬起他的全身来。仙吉像个演员一样露出痛苦的表情，又瞪眼，又歪嘴，摆出各种动作，演得惟妙惟肖。接着，喉头被咬断的旅人，“啊”的一声发出临死前的悲鸣，手指和脚趾哆嗦不止，虚抓一把，一下子摔倒在地上。

这下该轮到我自己了，这么一想，我心里慌乱起来，急忙跳上木桶，却被狼咬住了衣服下摆，感到一股可怕的力量从下方紧紧拉扯着。我脸色苍白，拼命抓住木桶，但还是被那气势汹汹的狼震慑住了。“啊……没救了……”我无奈地闭上眼睛，随后被拉扯下去，仰身倒在门口的地面上。刹那之间，信一如疾风来袭，压在我的脖颈上，扼住了我的喉头。

“你们俩都变成了死尸，无论发生什么事都不能动。我要啃你们的骨头了。”

听了信一的话，我和仙吉呈“大”字形有气无力地倒在地上，一动不动。突然，我的身上到处痒痒的，衣服下摆敞开处冷风嗖嗖直到胯下，感觉伸向一边的右手的中指指尖，稍稍触摸到了仙吉的头发。

“这个肥嘟嘟的，好像味道不错，就先吃他吧。”信一脸上带着愉悦的神色，爬到仙吉的身上。

“不要做非人道的事啊！”仙吉半睁着眼，小声诉求道。

“非人道的事是不会做的，不过要是身体动了可就说不准了。”

信一炫耀地咂着舌头狼吞虎咽，把仙吉从头到脸，从腰部到肚子，从两腕到臀部以及小腿，胡乱地啃咬一遍。他穿着粘着灰土的草履随意踩踏在仙吉的眼睛、鼻子和胸脯上，仙吉全身沾满了污泥。

“下面该轮到吃臀肉了。”仙吉脸朝下躺卧在地上，我以为他要蜷起臀部，谁料想他下半身突然被脱光，看上去好像两个蔫头横放在那里。信一把衣服的下摆卷起，遮盖在“死尸”的头上，一跃跳上他的脊背，又开始疯咬起来，仙吉无论被怎样蹂躏都坚忍不动。那看起来冻得布满鸡皮疙瘩的臀肉，好像蒟蒻一般颤抖。

现在我也要被糟踏成那个狼狈相了。这么想着，我的心脏暗地里狂跳起来，思忖着自己不至于遭到与仙吉同样的残酷待遇吧。终于信一骑在了我的胸口上，先从鼻尖啃咬起来，我的耳朵听到丝绸大褂里子摩擦发出的声响，接着我的鼻子闻到衣服上散发出来的樟脑的香气，双颊被白纺绸织物轻柔地抚摸，胸脯和肚子感受着信一贴身而温热的体重。湿润的双唇、柔滑的舌尖、抓痒痒般不断舔食的奇怪感觉，迷醉般安抚了我恐惧的情绪，征服了我的心灵，使我感到愉快。突然，我左边鬓角到右脸颊被猛烈地踩住，下面的鼻子和嘴唇同鞋底的泥土相摩擦，这仍旧使我感到很快活，不知不觉中我庆幸自己的心灵和肉体完全变成信一所支配的傀儡。

最终我也俯卧在地上，衣服的下摆被剥去，腰以下的各部位被不断地舔食。信一看着并排倒在土间、裸露着屁股的两具“死尸”，开心地哈哈大笑起来。这时候，信一的女佣突然出现在小屋的门口，我和仙吉吃惊地赶快站起身子。

“哎呀，少爷在这儿呢。看，身上的衣服都成这样了。为什么要在这么脏的地方玩呢？小仙，都是你不好。真是的！”女佣带着可怕的眼神一边叱责，一边望着仙吉那印有泥脚印的眼睛和鼻子。我呆立在那里，强忍着脸上被脚踏过的火辣辣的伤痛，心中感到做了一件天大的错事。

“洗澡水已经准备好了，玩得差不多就赶快回家，不然要挨夫人骂的。荻原少爷也一起过来吧。已经很晚了，我把你送回家吧。”女佣只对我一个人特别地亲切。

“我自已能回去，不用送了。”我谢绝了她的好意。

“再见！”我朝送我到门口的三个人打了招呼，走出门外。不知何时，街道已笼罩在蓝色的夕霭中，河岸上的灯光闪闪烁烁。我仿佛从一个可怕而神奇的国度突然回到了众多凡人的世界。我一边走在回家的路上，一边回想着今天梦一般的经历。信一高贵而俊美的容貌，以及他那不似常人的任性举动，在这一天深深吸引了我。

第二天到了学校，看见昨天被无情对待的仙吉仍旧是一个欺侮弱者的孩子王，而信一如往常一样，无声地和女佣一起畏畏缩缩坐在运动场一角。

“小信，我们一起玩吧。”我随意打了声招呼。

“嗯。”信一立即蹙起眉头，颇不开心地直摇头。

此后，过了四五日，有一天放学后正要回家，信一的女佣叫住了我：“今天家里摆上了小姐女儿节的小偶人，请你来玩吧。”女佣向我发出了邀请。

那天是从正面的侧门向看门人打了招呼进去的，打开正门一旁的细格子小门，仙吉就跳了出来，沿着楼道把我领到二楼一间十叠大的房间里。信一和姐姐光子伏在偶人台前吃着炒豆，看见我和仙吉，突然嗤嗤笑出声来。他俩奇怪的样子，像是又在捣什么鬼。于是仙吉不安地望着姐弟俩的脸说：“少爷，有什么好笑的事吗？”

铺着绯红色绒毯的偶人台的最上层，紫宸殿顶耸起酷似浅草寺观音堂的琉璃屋脊，殿中排列着天皇、皇后、五名乐手还有女官，殿外东面的樱花和西面的橘树下，三个酒鬼杂役正在温酒。第二层摆放着用花纹泥金画装饰的各种漂亮的用具，其中有烛台、饭盘，以及盛铁浆[1]的容器，连同上次信一姐姐房间里的各式偶人合放在一起。

我站在偶人台前，仔细地看得入了迷的时候，信一来到我的身后，低声耳语道：“现在呀，我们用白酒把仙吉灌醉。”说完又快速地吧嗒吧嗒跑去仙吉那边，若无其事地说道：“喂，仙吉，我们四个人一同畅饮一番吧。”

1　江户时代女子风俗，将铁屑泡在浓茶或醋里，用毛笔饱蘸，混合五倍子粉末涂抹牙齿，使之变成黑色。

接着四人围成一圈儿，就着炒豆喝起白酒来。

“真是好酒啊！”仙吉一边学着大人腔调说笑逗乐，一边以拿酒盅的手势，端起茶碗咕嘟咕嘟大口地喝起白酒来。现在他或许醉了吧，这么想着，我心中突然觉得可笑得很，信一的姐姐光子也忍不住捧腹大笑。在仙吉喝醉的当儿，其余只陪着喝了一会儿酒的三个人，也渐渐地变得异样起来。小腹的周边，热乎乎的酒咕噜咕噜沸腾冲起，我从额头到两边的太阳穴冒出了细细的汗珠，头盖骨周围也奇妙地发麻，榻榻米的表面如同船底，上下左右摇晃不止。

“少爷，我醉了。大家的脸都红了，我得站起来走走。”仙吉站起身，离开坐席大摇大摆地迈起了步子，脚下忽然打了个趔趄，摔倒了。他的头撞在壁龛的柱子上，惹得三人哄堂大笑。

“那玩意儿，那玩意儿。”他自己也摸摸头，皱着脸，忍不住发出带着鼻音的窃笑。

不一会儿，三人模仿仙吉的样子站起身，走了跌倒，跌倒后大笑，趁着兴头儿叽叽嘎嘎胡乱打闹起来。

“哎，真痛快！我醉啦，混蛋。”仙吉将臀部的衣角掖在腰间，做出一副下流相，模仿工匠走路。信一和我也照着做，到头来甚至连光子也都把衣服掖在腰间，拳头举过肩膀，那样子宛若一个女强盗。

“混蛋，我醉啦！”我们摇摇晃晃地在屋子里走来走去，大笑着跌倒在地上。

“呵，少爷少爷，我们玩狐狸的游戏吧。”仙吉突然想到这么个有趣的游戏，便说了出来。整个游戏的构思是这样的：我和仙吉两个乡下佬出门捕猎狐狸，不料被变成女人模样的狐狸精光子魅惑，吃尽了苦头。正巧这时候，武士信一打这里路过，解救了我们，抓到了狐狸。尚未清醒过来的三个人立即表示同意这个构思，很快进入了故事的角色中。首先，仙吉和我面对面扎上头巾，掖起衣角，各人手中挥舞着掸子，边说台词边登场：“这附近总有可恶的狐狸出没闹事，今天一定要制伏它。”

对面，狐狸精光子迎了过来。

“喂，喂，我要请你们吃饭，快跟我来吧。”说着，她啪地拍了一下我们的肩膀，我和仙吉瞬间就被迷住了：“唉呀，多么艳丽的美人呀。”说着说着，两人眯细了眼睛开始向光子调情。

“你俩都被迷惑了，这就是当作饭食的粪便，快吃吧。”光子忍不住乐得哈哈大笑，用嘴撕下一块豆馅饼，用脚胡乱踩烂一个荞麦馒头，用鼻水调和炒豆粉，将这些秽物堆在碟子里摆放在我们面前，又向白酒里吐了痰和唾沫，进劝道：“这是小便酒——你们快喝吧。”

“真好吃，真香。”我和仙吉咂着嘴，把碟子舔得干干净净，白酒和炒豆粉带着一股咸咸的怪味道。

“接下来我给大家弹三味线，你俩把碟子顶在头上跳舞。”光子把掸子当三味线，“叽叽呀呀”地唱起来，我和仙吉把碟子顶在头上，“哎呀，唉呀呀”，合着节拍跳起来。

这时候路过这里的武士信一一眼看出光子是狐狸精，便道：“你这个迷惑人的牲畜，干尽坏事，干脆把你绑起来宰掉！”

“咦，小信你可不要胡来啊！”倔强的光子很不服气，随即和信一扭打在一起，暴露出粗野的本性，坚决不投降。

“仙吉，你把腰带借给我，将这只狐狸捆起来，你俩按住她的脚，防止她胡闹。”

我的脑袋里，一边浮现出前些天看到的草双纸里所描绘的战场营部里，年轻的武士与同伴合力掠夺美女的插画，一边同仙吉一起从友禅绸下摆的花纹面上紧紧抱住光子的两条腿。信一乘这当儿将光子反绑，好容易又将她捆在走廊的栏杆上。

“小荣，把这妖精的腰带解下来塞进她嘴里。”

“好的，来了。”于是，我迅速绕到光子身后，解开她姜黄的绉纱腰带，为了不弄乱梳扎好的唐人髻，我将手插进她发际细长的脖颈，从她脑后挽起的油腻滋润的头发下掠过耳朵，在她下巴颏处缠绕了两圈，用力拉紧的彩色绉纱深深嵌进她肥满的下巴颏的嫩肉里。光子如金阁寺的雪公主[1]一般痛苦地挣扎。

“好吧，这下让你尝尝粪便的味道。”信一随手抓起糕饼塞进嘴里，然后“呸”地吐在光子的脸蛋上，那么美丽的雪公主的面颜，眼见着变得像麻风或梅毒患者，令人不忍再看，我和仙吉被这有趣的场面吸引住了。“这畜生，刚才还逼着我们吃秽物呢。”我俩这么说着，和信一一道“呸呸”连连啐了几口，这还算是温和的，接着又把咬碎的糕饼涂抹在光子的额头、脸颊等所有可以触及的地方，还挤烂整个豆馅，把豆沙包的外皮贴附在她的脸上。不一会儿，光子的整个脸庞就被弄得污秽不堪了。她成了一个梳着唐人髻、再也分辨不出眼睛鼻子的黑黝黝的妖怪，那穿着浓艳宽袖和服的姿态仿佛刚从“百物语”[2]或妖怪混战的故事书里蹦出来的一样。光子看上去已经失去了反抗的意欲，

---

1 净琉璃“时代物”（历史剧）《祇园祭礼信仰记》中的主人公之一。叙述白雪公主为父报仇，反而被缚于樱花树上，受尽折磨。

2 一种游戏。夜间点燃众多灯笼，数人聚在灯下谈鬼说狐。每讲完一个故事就熄灭一盏灯笼。传说等故事结束，灯笼全部熄灭之时，则幽灵出现。

无论怎么折腾，她都如死人一般顺从。

“这次饶了你，下次再假扮成人，就宰了你。”信一取出了光子嘴里的布，解开了捆手的绳子。光子腾地站起身，迅速向障子门外的廊子下啪哒啪哒逃走了。

“少爷，小姐一定生气地告状去了。”仙吉认定光子会添油加醋地把事情说得更糟糕，他担心地和我面面相觑。

“她说什么又有什么关系，虽是个女孩子，但桀骜不驯，我每天都和她吵架、欺负她呢。”信一正故作镇静的时候，隔扇被轻轻地推开，光子洗干净脸回来了。虽然脸蛋上的白粉和小豆馅儿一起被冲洗掉了，却比之前更加清朗。质地光艳的玉肌格外莹润白嫩，熠熠生辉。想着这下两人又要争吵的时候，光子却面带微笑，温柔地埋怨道：“如果被谁发现的话，恐怕难以收拾，就悄悄地去洗澡间洗干净了。——你们真是太蛮横了。”

于是信一乘兴说道：“这次我扮人，你们三人扮狗吧。我把食物扔出去，你们爬过去抢了吃，怎么样？”

“好，来了。就这么办吧。——我已经变狗了，汪！汪！汪！”仙吉很快趴在房间的地面上，威武地四处乱窜。我紧跟在他的尾巴后面跑起来，这时，光子似乎想到什么似的说：“我是母狗。”她很快加入我们的队伍，手脚触地爬起来。

“嘿，狗儿们……接着！”信一将我们三人耍弄了一番之后，喝令一声，“很好！”大家争先恐后地向食物撒落的地方飞跑过去。

“啊，有个好主意。等等。”信一说完离开房间，不一会儿牵来两条穿着整齐绯红绉绸的巴儿狗，加入我们中间。他将吃了一半的豆馅，粘着鼻涕和唾沫的包子撒在榻榻米上。瞬间，巴儿狗们争先恐后快速向食物奔去，露出牙齿，伸长舌头，共同争抢一块饼子，忽而又互相舔舔鼻尖儿。

吃完了点心的巴儿狗们又开始舔舐信一的指头和脚底。三人也不甘落后地学着做起来。

“啊，好痒，好痒。”信一把腰靠在栏杆上，将雪白滑嫩的脚底轮番伸向我们的鼻尖。

“人的脚是咸里带酸的味道，美人儿连脚指甲都长得很好看。”我一边这么想着，一边拼命地吸吮那五根脚趾。

巴儿狗们愈发嬉戏欢闹起来，仰面朝天，伸开四肢在半空里狂舞，又咬住信一的衣裾用力撕扯，信一也使出各种招儿和它们逗趣，时而轻抚它们的脸，时而揉搓它们的肚子。我也学着拉住信一的衣裾，信一也同样地用脚板触碰我的脸，抚摸我的额头。可是，当他的脚踵抵在我的眼睛上，脚心堵住我的嘴唇时，我却感到有点儿吃不消。

那天我玩到傍晚才回家。从翌日起，我每一天都去塙家，常常盼望着学校的课尽早结束。从天明到黄昏，我脑海中的信一和光子的面颜一刻也未消失。渐渐地，随着关系越来越亲密，信一也变得更加放肆起来。我完全和仙吉同样地成为他的小喽啰，玩闹时一定被他又打又绑。奇怪的是竟连他那倔强的姐姐，自从抓狐狸的那次游戏以来，也完全被信一降服，不光对信一，对我和仙吉也同样不抗不争，有时候跑到我们这来说道："大家一起玩抓狐狸的游戏好吗？"她的神情看上去似乎非常喜欢被人欺负的样子。

信一每周到了星期天就去浅草和人形町的玩具店买来铠刀，等不及地要玩一番。光子、仙吉和我身上没有一次不是留着青紫的斑痕。渐渐地编来的故事也玩尽了，我们在那些被当作舞台的小仓库、洗澡间、后院里，沉溺于别出心裁设计出来的各种暴虐的游戏中。例如我和仙吉绞杀光子，盗窃了钱财之后，信一发誓为姐姐报仇，杀死我俩并砍下人头；信一和我还有两个恶汉杀了有钱人家的小姐光子和随从仙吉，并把尸体扔进河里等等。光子总是沦为我们当中最惨的角色。游戏结束，被砍杀的人身上涂着红色的颜料，浑身鲜血淋漓，痛得满地打滚。信一偶尔拿来一把真的小刀子说道："用这稍稍割一下吧。嘿，一下，只轻轻一下不会痛的。”

听了这话，三人顺从地倒在他的脚边。“割得太深，可不行呀！”大家都好像接受手术一般动也不动地强忍着，望着从伤口流出的鲜血，眼里满含泪水，肩膀和膝头都留下了浅浅的刀伤。我每天晚上回家后与妈妈一起泡澡时，为了伤痕不被发现，着实费了一番工夫。

这样的游戏持续了一个月。一天，我像往常一样到了塙家，信一去看牙医了，不在家，仙吉一个人待着，显得很无聊。

“光子小姐呢？”

“正在练琴呢。去西洋馆那边看看吧？”说完，仙吉把我领向那棵大树荫处的古池边。我很快忘掉了一切，坐在老榉树的树根上，听着楼上的窗户里传来的美丽乐曲而心驰神往。

那正是我第一次来这宅院那天，在古池边和信一一起听到过的奇妙的琴声……有时仿佛是林子深处的木精在对着妖魔狂笑，有时又似童话故事书里跑出来的侏儒聚在一块儿跳舞……几千条纤细的联想的彩线，在我年幼的脑海里编织着微妙的梦的奇妙声响。这不可思议的琴声，今天也和那天一样从二楼的窗户里流淌出来了。

“小仙，你也没有上去过吗？”乐声停止时，我又向永远充满旺盛好奇心的仙吉打听。

“嗯，除小姐和清扫员阿寅以外，没什么人上去过。别说我了，就连少爷也没去过。”

“那房间里是怎样的景象呢？”

“里面所有的东西听说都是少爷的父亲从国外买来的稀罕物。我曾经求阿寅偷偷地拿出来让我们瞧瞧，说什么他也不愿意。——练琴已经结束了。小荣，你去叫一声小姐怎么样？”

于是两人喊起来：“光子小姐，一起玩玩吧！”“小姐，不下来玩玩吗？”我俩对着二楼大声地喊叫，可是静悄悄的，没有回音。我怀疑，迄今听到的那种音乐声，莫非来自无人的房间之内，钢琴自然鸣奏而发出的微妙的声响？

“真没办法，我俩自己玩吧！”仙吉成了我唯一的玩伴，这种时候，我再也不能像平时那般兴奋了，随即无趣地正要离开，突然听到背后有人哈哈大笑。不知什么时候，光子已站在了身后。

“刚才我们喊你时，为什么不回答？”我回过头，用责备的眼神看着她。

“在哪儿喊我的？”

“你刚刚在西洋馆练琴时，没听到楼下喊你的声音吗？”

“我不在西洋馆呀。那里谁也不能上去。”

“刚才你不是在那里弹琴吗？”

“不知道，是别人吧。”

仙吉自始自终带着怀疑的表情看着我们。“小姐，你可不能说谎呀。喂，带我和小荣悄悄地去那里看看吧。你如果非要说假话，不说实话的话，我们就要惩罚你了。”说完，仙吉毛骨悚然地一边笑着，一边迅即将光子的手腕子强行地向上拧。

“哎，仙吉，我比你小，你就不要生气了。我没有撒谎。”光子摆出行礼的姿势，不大声呼喊，也不逃跑，只是任凭双手被强拧着，全身痛苦地扭曲。纤细的手腕上青白的皮肤被壮实如铁的手指紧紧抓住，我的心里不由好奇地产生出一种欲望，想要对比一下我们这两个少年此刻愉悦的表情。

“小姐，不坦白的话，就要对你施行拷问了。”说着，我也拧住光子另一边的手，解下腰带，把她捆绑在池边橡树的树干上。

“这样绑好呢，还是那样绑好呢？”我们你抓一把，我挠一下，拼命地折磨她。

“小姐，等会儿少爷回来，他会对你更残酷，趁现在赶快坦白。”仙吉伸手抓住光子的前襟，又向上使劲地扼住她的喉咙。

“看，会越来越痛苦的。”仙吉笑着看光子不停地翻白眼，终于将她从树上解下，光子仰面倒在地上。

“嘿，这是人肉长凳！”于是我和仙吉扑通一声分别坐在光子的膝头和脸上，前后左右摇晃着身子，屁股重重地压住了光子的身体。

“仙吉，我坦白，快饶了我吧。”光子把嘴巴嵌在仙吉的屁股里，用虫子喘息似的细弱的声音乞求道。

“那你这下可得要好好坦白，刚才就是在西洋馆，对吧？”仙吉稍稍抬起屁股，松开手问道。

“啊，我怕你又叫我带你们上去，所以撒了谎。我要是带你们上去的话，会被妈妈骂的。”

听到这里，仙吉瞪起眼睛威吓她：“行了，你要是不带我们上去，你还得受苦。”

“好了好了，那我带你们去吧。我带你们去，你们可得饶了我呀。只是白天容易被发现，晚上去。这样的话，我从寅造的房间拿出钥匙打开门。喂，小荣也想去的话，晚上来玩儿吧。”

光子让了步，我俩依然没有松开手，商量起晚上的行动计划。这天正好是四月五日，我正巧可以对家人谎称参加水天宫的庙会跑出来。天色渐暗时分，我悄悄从正门潜入西洋馆，等待光子偷了钥匙和仙吉一道出现。我要是迟到了，两人就先进去，在二楼楼梯的最上层向右的第二个房间里等我。

“好，就这么决定了，放了你，快起来吧。”仙吉终于松开手。

“啊……好痛苦。仙吉坐在我身上，简直都喘不过气来，脑袋下面还有块大石头，实在疼得很。”

光子拂去和服上的尘土站起身来，揉搓着身体的各个关节，脑袋好似充血一般，脸颊和眼球都血红血红的。

我决定暂时回一趟家，分手之前，我问光子：“楼上到底有些什么东西呢？”

光子笑着道：“小荣，你可别吃惊呀，那里有很多有趣的东西。”说完便跑向里院去了。

走出门外，人形町街道的小摊上的煤油灯渐次点亮了。看击剑表演的螺号呜呜的鸣叫声，响彻了暮色苍茫的夜空。有马先生宅邸前边挤满了黑压压的人群，药店的人手指着开膛破肚的女布娃娃，大声地一遍又一遍说明着什么。今天我连平日里喜爱的七十五座[1]的神乐剧演奏、永井兵助[2]江

---

1 “座”本来指一座神，又用来计算曲目。多见于关东乡间神乐剧。

2 江湖艺人，叫卖蛤蟆油的小贩。

湖式的表演也丝毫没有观看的热情，只顾着急匆匆赶回家洗了澡，草草吃完晚饭后，大概快到七点时，我抛下一句：“我去庙会看看！”之后，便飞奔出了家门。庙会的灯火溶进水一般湿润的蓝色夜空，金清楼二楼的宴会客厅里，乱舞的人影清晰可睹。有米屋町的年轻人们、二丁目箭场的女人们，各式男女络绎不绝。眼下，正是来客最多的时候。穿过中之桥，站在黑暗寂寥的浜町马路回头远望，薄薄的云层下，黑暗的天空被浸染成一片朦朦胧胧的朱红。

不知不觉，我站在了塙家的门前，抬头看见如大山一般黑压压地高高耸立的屋脊。冷清的暗夜乘着砭肤的寒风从大桥那边吹送过来。夜空里，粗壮的榉树的叶子不知在何处婆娑地摇曳着，发出沙沙的声响。我悄悄地偷看围墙里，从门卫房门的缝隙处漏泄出一线细长的光亮。堂屋的挡雨窗已经关上了，仿佛阴天背景下寂静沉睡的妖魔。我把双手搭在冰冷的大门边的通用口的铁格子上，向暗夜之中用力一推，厚重的门扉轧的一声顺从地打开了。为了不让竹皮木屐发出声响，我小心翼翼地不发出一点儿声音，只听见自己急促的呼吸声和心脏剧烈的跳动，然后，我看到了黑暗中灯火闪烁的西洋馆的玻璃窗，于是朝着那儿走去。

渐渐地眼前的景象明晰起来。八角金盘的叶子、榉树的枝干、春日灯笼，这些黑色物体呈现出的姿态，皆使我这个少年的心感到恐惧，它们横冲直撞地进入我幼小的眸子。我在花岗岩的台阶上坐下，感到夜空里的寒气越来越浓了。我垂着头，屏住呼吸等待着，可是两人怎么也等不来。恐怖仿佛从头顶压挤下来，使我全身颤抖，牙齿格格作响。我心想，啊，还是不该来到这么可怕的地方。我双手合十，嘴里一个劲儿地念叨："神啊，我做了坏事。我再也不会对母亲撒谎，瞒着她私下里闯到人家里来了。"我彻底后悔，站起身来决定回家，猛地瞥见大门口玻璃拉门的另一边，闪着一星点儿好似蜡烛的亮光。

"哦，难道他们俩早在那里了吗？"我这么一想，自己又忽然沦为好奇心的奴隶，不由自主地将手握在门把手上一转，毫不费力地打开了门。进入屋内，正如事前预想的那样，正面螺旋楼梯的第一级台阶旁——看来是光子为我准备的吧——摆放着一个带把的烛台，蜡烛早已燃烧了一半，蜡液黏糊糊地溢出台座，从那里发出的光亮照不出三尺之外。空气随我一同从屋外流入的时候，火焰摇曳地眨着眼睛，清漆涂的栏杆的黑影顿时晃动起来。

我咽了口唾沫，蹑手蹑脚地像盗贼一样登上螺旋楼梯。二楼的走廊更加黑暗，不像有人住在这里，静寂得没有一点声息。我按约定来到右手第二个房门旁边，伸手摸索着走上前去，侧耳细听，依然寂静无声。我心中怀着一半恐怖和一半好奇，不顾一切，将上半身抵在门上，使劲往里推。

猛然间，一道刺眼的光线射来，我一时眼花缭乱，不由眨了眨眼睛。为了看清妖怪的面目，我仔细环视四周的墙壁，没有一个人影。中央悬挂着大吊灯，用五彩棱镜装饰起来的红色灯罩的阴影，使屋内上方笼罩在昏暗之中。金镂的椅子、桌子和镜子等各种各样的装饰物闪烁着璀璨的光芒，地上铺着柔软的暗红色地毯，隔着布袜向脚底传来仿佛踏在青草上的喜悦。

我真想喊一声“光子小姐”，可是周围死一般的沉寂压迫着我的嘴唇，舌头僵硬得失去了发声的勇气。我一开始没注意到，屋子左手的角落里有通向另一个房间的出口，沉重的缎子帷幔打着深深的褶垂挂在那里，厚厚落下的气势让我想起尼亚加拉大瀑布。我正想掀开帷幔瞧一瞧隔壁房间的模样，见帘子的对面黑漆漆的一片，不禁又胆怯地将手缩了回来。这时我猛地似乎听到炉台上响起座钟蝉鸣般的低吟，瞬即又变得铿锵嘹亮，咔嚓咔嚓奏出奇妙的音乐。光子说不定会以此为信号出现吧？我这么想着，专心致志地盯着帷幔的方向，音乐持续了两三分钟便停止了，屋内又恢复了原来的肃静。缎子的皱褶纹丝不动，寂然无声地垂挂着。

我呆呆站在那儿，眼睛落在左侧墙壁上悬挂的油彩肖像画上。我迷迷糊糊走到画框前，仰视着恰好隐没在灯具暗影里的西洋少女的半身像。厚厚的金色画框、长方形的画面，飘荡着浓重的赤褐色的气氛。画中少女的酥胸稍稍地遮蔽在海蓝色的衣服里，裸露的肩膀和手腕上佩戴着黄金和珠玉的环子。这位梳着辫子的女子带着梦幻般的眼神，一双又大又黑的眼睛注视着前方。即使在黑暗里，她洁白的肌肤依然清晰而明艳地浮现出来，从优雅的鼻梁到嘴唇、下巴、两颊，都显得极其高贵、完美，轮廓端庄而又严肃——我想这就是童话故事里出现的天使吧。想着想着，我久久沉醉在画面里了。突然，我不经意地瞥见画框下三尺、靠墙壁的圆桌上放着一个蛇形的摆设，眼睛不由得转向那里。这个东西是用来做什么的呢？无论是那蛇身盘成两圈、蛇头如蕨菜一般昂起的姿势，还是又黏又滑的青蛇鳞片的色彩，都得到了逼真华丽的再现。我越看越被它深深感染，它似乎马上就会蠕动起来。突然间我吃了一惊，不禁向后退了两三步，瞪大眼睛直视，也许是心理作用吧，那蛇好像真的在蠕动。爬虫动物通常动作极其缓慢，以一副悠然的态度前后左右愚笨地扭动着脑袋，不仔细观察是很难作出判断的。我全身像泼了冷水一般地寒冷，脸色青白，死人一般呆立不动。这时，缎子帷幔的褶皱间，瞬间闪出一张如同油画中所描绘的少女的面孔。

在较长的一段时间里，那脸孔微微带笑，然后缎子帷幔分成两段，刺溜溜从她的肩头滑向背后，合成一体。此时，女子现出全身，站立在那里。

她稍稍及膝的海蓝色裙裾下方，一双不穿袜子、如石膏般的裸足套着肉红色的拖鞋，瀑布般的黑发披散在双肩之上，宛若油画中的少女，手腕和颈项上佩戴着手镯和项链。那从胸到腰紧紧缠绕着肌肤的衣裳下，可以窥见柔美的筋肉的微弱起伏。

“小荣！”好似咬着牡丹花瓣的红唇翕动的一刹那，我恍然意识到刚才的那幅画就是光子的肖像。

“……我一直在等你来呢。”光子说着，威胁似的慢慢向一侧挨近。一股说不出的甘甜的香气搔动着我的心，眼前的红霞闪闪烁烁。

“光子小姐是一个人吗？”我带着求救的声调怯生生地问。为什么偏在今晚穿上了洋装？漆黑的隔壁房间里有些什么呢？还有好多好多想问的事堵在喉咙，一时难以说出来。

“我带你见仙吉，跟我来吧。”光子一把抓住我的手，我忍不住有些受不了了，有点儿提心吊胆，随即用颤抖的声音问：“那蛇是不是真能动呀？”

“怎么会动呢？你瞧。”说完光子窃窃地笑了。被她这么一说，我也觉得刚才的确还在蠕动的蛇，现在静静地盘成一团，纹丝不动了。“不要再看那东西了，和我一起到这边来吧。”光子温暖柔软的手掌，仿佛带着不忍舍弃的魔力轻轻挽住我的胳膊，慢慢地拖着我向一间阴森的房间走去。我俩的身体立即埋入厚重的缎子帷幔里，一下子就进入一间漆黑不见五指的房间。

“小荣，先见一见仙吉吧。”

“好，他在哪儿？”

“现在我点上蜡烛，就看得见了——我先给你看一件有意思的东西。”光子放开我的胳膊，不知去了哪里，只听见屋子正面的暗夜里，响起噼里啪啦的惊人响声，无数根蓝白色光亮的细线来回飞舞，好似无数流星穿越，波浪翻滚，描绘着圆形或十字形的纹路。

“喂，好玩儿吧。什么都能写呢。”听到她的声音，感觉光子又向我身旁走来。刚才所见到的光的线条渐渐淡化，消失在暗夜之中。

“那是什么？”

“是舶来的火柴在墙上擦出的光。暗夜里，无论擦在何处，都会出现火光，擦在小荣衣服上试试看吧。”

“可别这样，太危险了。”我吓得想逃开。

“没事的，嘿，你看。”光子顺手拉住我的和服袖子，擦亮火柴，绢质的和服上，好似爬动的萤火虫般的蓝光熠熠生辉，写着“萩原”片假名的文字鲜明地描绘在那上面，久久没有熄灭。

“好，点上灯，让你见见仙吉吧。”

随着打火石啪的一响，火花四溅，光子手中的蜡烛点着了，不久就移转到屋子中央的烛台上了。

西洋蜡烛的火光朦胧地照耀着室内，各种式样的器物和摆设那又长又大的黑影，魔鬼般飞扬跋扈地映射在四周的墙壁上。

“看，仙吉在这儿。”光子的手指向蜡烛下面说道。看着像烛台的东西竟是手脚被捆缚、上身裸露、头朝上、额头顶着蜡烛坐着的仙吉。辨不出是脸还是头，如鸟粪般溶化的蜡液封住了他的两眼，填塞了他的双唇，从他的下巴颏啪嗒啪嗒滴落在膝盖上。此刻，仙吉的睫毛几乎被燃尽七分的烛火烧焦了，他的双手被反绑，却仍似婆罗门的修行者一般，安详地盘着腿端然而坐。

我和光子来到他面前，仙吉不知想起什么似的，鼓动着被蜡封得僵硬的脸部肌肉，慢慢地半睁开眼睛，满怀怨气地死死瞪着我，发出怨恨而悲伤的声音，郑重地说道：

“喂，你和我平时都没少欺负过小姐，今晚她要向我们复仇。我已经彻底被降服了，你也快认输吧，不然下场会很惨的……”

正在说话的当儿，蜡液毫不留情地啪嗒啪嗒如蚯蚓爬行，从他的额头延伸到睫毛，再次牢牢地封住了仙吉的眼睛。

光子的脸上自始至终泛着狰狞的笑容，她指着填满印了烫金文字的西洋书籍的书架上的一座石膏像，说道：“小荣，从今以后不要再听从小信了，做我的臣下吧。你若不愿意，就会像那个人形一样全身被绑上好几条青蛇。”

我战战兢兢扬起额头，抬眼向昏暗的房屋一角望去，一座被大蟒蛇缠绕全身、筋肉健壮、形体骇人的裸体巨汉的雕像旁边，安详地盘踞着两三条刚刚见到的青蛇，它们如香炉一般静候在那里，被恐惧侵袭着的我，竟分辨不出眼前的蛇到底是真是假。

“一切都照我说的办，好吗？”

“……”我脸色苍白，默默地点点头。

“你刚才和仙吉一起把我当长板凳，现在我要把你当烛台。”

光子迅速将我反手捆绑，叫我盘腿坐在仙吉身边，再将两脚的脚踝紧紧捆牢。

“仰起脸，不要让蜡烛掉下来。”

我额头的正中燃起了火光。我喊不出声，拼命地支撑着灯火，在悲伤的泪水大颗大颗滴落下来的时候，比眼泪更加灼热的蜡液流过我的眉间，啪哒啪哒滚落，填满了眼睛和嘴巴的缝隙。透过轻薄的眼睑的皮肤，我模模糊糊看见灯火闪闪烁烁，眼球的周围朦胧地笼罩着红色的彩雾。光子浓烈的香水味如雨一般飘落在我的脸颊上。

“你俩给我好好地待着，再忍耐一会儿。现在我让你们听一首有趣的音乐。”

光子说完不知去了哪里，隔了一会儿，隔壁房间悠然地传来玄妙的钢琴声，不经意地打破了周围的宁静。

那仿佛来自另一个世界的不可思议的鸣响，听起来如玉霰滚动于银盘，又似溪涧的清流潺潺地滴落在青苔之上。我额头的蜡烛燃完了一大截，热汗混合蜡液啪哒啪哒地流淌下来。我略微侧目而视坐在一边的仙吉，他的坐姿好像油炸牛蒡，满脸结着两三分厚、向上高高突起的面粉状的白色硬块。两人正像《欢乐的胡琴》评词里的人物，一边于恍惚之中倾听着微妙的音乐，一边端坐着，久久地凝视眼睑内明朗的世界。

从翌日起，我和仙吉一见到光子，就如猫儿般老老实实地下跪，偶尔信一对姐姐的言论表示反抗时，我们立即制止他，不由分说，对他又打又绑。原本那么傲慢的信一，渐渐随着日月的流逝，完全变成姐姐的家臣。无论在家还是在学校，他都彻底变得自卑而懦弱。三人想出了什么新奇的游戏，也乐意听从光子的指令，一听到“变凳子”，马上脊背向上，手脚撑地；一听到“变吹灰筒”，便恭敬地张开嘴巴。渐渐地，光子的嚣张一天胜过一天，她像对待奴隶一般对待我们，让我们为浴后的她剪指甲，为她清除鼻孔里的污物，被她逼着喝尿。一天天过去，我们成了光子的侍从，光子成了这个王国的女王。

从此，我再也没有去过西洋馆。那里边的大青蛇是真是假，我直到现在都没有弄明白。